Les messagers du temps

1. Rendez-vous à Alésia

2. Le maître de Lugdunum

3. L'otage d'Attila

4. Le sceau de Clovis

5. L'épée des rois fainéants

6. Le Noël de l'an 800

7. Hugues Capet et les chevaliers noirs

8. Le faucon du roi Philippe

9. Le chevalier de Saint Louis

10. Le royaume d'Osiris

Évelyne Brisou-Pellen

Les messagers du temps

4. Le sceau de Clovis

Illustrations de Philippe Munch

GALLIMARD JEUNESSE

Cette nuit-là, quand la comète traça son blanc chemin à travers les ténèbres, trois enfants naquirent. Trois. Ils venaient d'un autre temps, et leur destin était lié.

Mais à l'instant où la lueur s'éteignait sur l'horizon, un autre enfant ouvrit les yeux. Le Quatrième...

1
Le nouveau maître de Soissons

Soissons, mars 486

La mère s'engouffra dans la maison :

– Une armée arrive !

Elle semblait affolée. Windus en lâcha le papyrus qu'il lisait et s'inquiéta :

– Quelle armée ? Les Romains ?

– Hélas non, les Romains sont battus ! Ceux qui arrivent sont des Francs. Les Francs du roi Clovis ! (Elle gémit.) Notre dernier refuge est tombé aux mains des Barbares !

Sa frayeur alarma Windus, pourtant il ne comprit pas pourquoi elle parlait de « dernier refuge ». Bien sûr, le royaume de Syagrius où ils vivaient et qui couvrait tout le nord de la Gaule était le seul territoire à appartenir encore à l'Empire romain… Mais on ferait comme les autres, on s'adapterait aux nouveaux maîtres ! Il posa la main sur le bras de sa mère :

– Ne t'en fais pas, maman, je suis là.

Elle tenta de sourire, mais une sonnerie de trompe la crispa de nouveau. Windus se précipita à la porte.

Les cavaliers qui entraient dans la ville étaient vêtus de tuniques ajustées et de braies[1] serrées sur les mollets par des lanières entrecroisées. C'étaient bien des Francs. Leurs cheveux, blonds ou roux, étaient noués sur le haut du crâne et leur nuque rasée. Il rassura sa mère :

– Ils n'ont pas l'air menaçants.

Il leur trouvait même fière allure. Surtout l'un d'eux, grand, athlétique… et qui portait les cheveux longs, un privilège réservé aux rois ! Clovis ! Une magnifique épée luisait à son côté, et son élégance naturelle était mise en valeur par la blancheur de sa tunique et la richesse de son manteau couleur de saphir.

Le héraut qui marchait devant criait :

– Vous n'avez rien à craindre, gens de Soissons, vous êtes sous la protection de Clovis, roi des Francs !

Windus se tourna vers sa mère :

– Tu vois, ils prennent juste possession de la ville, ils n'ont pas l'intention de la piller. Pourquoi est-ce que tu t'inquiètes ?

1. Pantalon.

– Parce que ce sont des Francs !

– Mais maman, nous aussi, nous sommes francs ! Mon vrai nom est Windric !

– Justement. Ton nom, je l'ai modifié exprès, je lui ai donné un air latin quand nous nous sommes réfugiés ici pour lui échapper.

Windus en fut sidéré.

– Pour échapper à qui, maman ? À Clovis ?

Sa mère se reprit et caressa sa tête blonde.

– Tu es un enfant peu ordinaire, Windus. Aussi, j'ai souvent du mal à me souvenir que tu es encore très jeune.

– Je peux comprendre si tu m'expliques. Pourquoi as-tu peur de Clovis ? Il a l'air beau et brave.

– Beau, il l'est, grinça la mère. Brave, sans doute…

Elle n'ajouta rien. Windus la considéra un moment, un peu déconcerté. Puis, croyant comprendre, il reprit :

– Tu es ennuyée parce que tu ne toucheras plus la pension que te versaient les Romains ? Ne t'en fais pas, je suis grand, maintenant, je travaillerai !

Sa mère en eut les larmes aux yeux. Grand, il ne l'était pas vraiment…

Mais le problème n'était pas là.

Windus jeta un coup d'œil vers la rue. La parade militaire se poursuivait, et il avait très envie de voir de près le nouveau maître. N'osant l'avouer, il demanda :

– Est-ce que je peux aller rendre ce papyrus à Pétrus ?

– Vas-y, soupira sa mère. Et profites-en pour t'entraîner avec lui.

– À la lecture ?

– Non, Windus, à l'épée de bois ! Il faut que tu deviennes fort, car tu es mon seul soutien. Toi seul peux me défendre !

Windus hocha la tête. Sans doute voulait-elle dire qu'il était l'homme de la famille, puisqu'il avait perdu son père depuis longtemps. Il sourit :

– Je te défendrai, maman. Tu sais que tu peux compter sur moi !

Il glissa le rouleau de papyrus sous son bras et fila.

Mais son excitation était retombée. Le sentiment d'une sourde menace lui serrait le cœur. Il avait soudain l'impression que les jours heureux étaient finis. Il saisit la dent d'ours qu'il portait en pendentif et adressa une prière aux ancêtres qui la lui avaient transmise.

Sa mère le regarda s'éloigner avec anxiété. Un jour, il faudrait qu'elle lui dise…

Seulement, il était encore si jeune !

Oh, bien sûr, Windus n'était pas un enfant

comme les autres, elle l'avait su dès sa naissance. Jamais il ne pleurait, se contentant de contempler le monde, les yeux grands ouverts. Il avait à peine trois ans quand elle avait découvert qu'il savait lire et écrire, alors que personne ne lui avait appris.

Quel enfant étonnant ! Elle était si fière de lui ! Il y avait dans sa petite tête déjà beaucoup plus de science que dans la sienne et celle de la plupart des habitants de cette ville.

Elle essaya de se détendre. Elle avait eu raison de l'autoriser à aller voir le nouveau maître de Soissons. Tout le monde serait sur la place, et ne pas s'y trouver attirerait l'attention. Or, elle ne devait pas attirer l'attention.

Et puis, Clovis ne pouvait pas la reconnaître : en réalité, il ne l'avait jamais vue !

Oui, elle aussi irait. Elle dissimula sa blondeur caractéristique sous un voile sombre et sortit.

2
Le roi des Francs

En remontant par les ruelles, Windus songeait qu'il avait la chance d'avoir déjà Morgana et Pétrus avec lui. Il n'aurait pas besoin de les chercher. Ils s'étaient retrouvés tout de suite, parce qu'ils avaient eu la bonne idée de se prendre la main en quittant leur précédente vie[1].

C'était la quatrième fois qu'ils apparaissaient sur Terre. Il ne savait pas pourquoi ils étaient revenus cette fois mais, au vu des événements, il supposait que leur mission avait un rapport avec la fin des temps romains.

Jusqu'à présent, l'année la plus importante de leur vie avait toujours été celle de leurs douze ans. Dommage qu'ils ne connaissent pas leur âge, puisque personne ne notait les dates de naissance, et que les parents finissaient vite par mélanger les années. D'autant qu'il était difficile de les compter :

1. Voir *L'otage d'Attila*.

14

on reprenait à l'an « un » à chaque changement de roi. Il aurait fallu trouver une date à partir de laquelle numéroter définitivement les années…

Ah ! Il arrivait chez Pétrus !

Dans cette vie, son ami était le fils d'un riche Romain et habitait une belle bâtisse en pierre, devant des ateliers où l'on fabriquait catapultes, cuirasses, épées et boucliers. Que la ville soit aux mains des Romains ou des Francs ne changerait rien à leur fortune : on avait hélas toujours besoin d'armes.

Il n'y avait personne dans la grande salle, et Windus rangea son rouleau de papyrus avec les autres dans une niche du mur. Il avait de la chance que les parents de Pétrus possèdent pareille bibliothèque et la lui prêtent ! Parce qu'il adorait apprendre. Or, depuis deux siècles que les Barbares saccageaient le pays, les livres avaient presque disparu.

Comme les écoles.

Heureusement, il avait le don de mémoire, il se souvenait de tout ce qu'il lisait et de tout ce qu'il apprenait au fil des siècles. Et il se rappelait aussi ses vies antérieures, contrairement aux deux autres à qui il devait chaque fois tout réexpliquer.

Il jeta un coup d'œil dans l'atelier et aperçut une tête aux cheveux noirs hérissés d'épis penchée sur une forge miniature. Pétrus. Il portait un tablier de cuir trop grand pour lui et brûlé au point d'en être percé. Malgré l'inquiétude de ses parents, il manipulait sans cesse du métal en fusion.

C'est que lui aussi avait un don, un don artistique, qui variait au fil de ses vies et paraissait au-dessus de son âge. Sans doute était-il alimenté aussi par ses expériences passées, même s'il ne s'en souvenait pas.

– Pétrus ! Les Francs sont en ville ! Ils vont au champ de Mars.

Le garçon releva la tête, l'air d'émerger d'un monde mystérieux, puis il ôta vivement son tablier et décréta :

– Je prends mon épée !

Windus l'arrêta :

– Tu ne prends rien du tout, c'est trop tard, l'armée romaine est vaincue.

Pétrus sembla presque déçu de ne pas avoir à se battre. En sortant derrière Windus, il s'informa :

– Quels Francs ?

– Les Francs Saliens, ceux de Tournai. Leur chef s'appelle Clovis. Dépêchons-nous !

Surtout qu'ils devaient encore passer prendre Morgana. Ils ne faisaient jamais rien d'important sans elle. Pourtant, la récupérer était compliqué car, dans cette vie, Morgana n'était pas bien tombée : elle était esclave, et d'une guérisseuse pas très accommodante.

Sa maison était une simple construction en claies de bois enduites de glaise. Les garçons traversèrent le jardin et jetèrent un coup d'œil par la fenêtre de derrière. Morgana était assise sur un tabouret et broyait quelque chose dans un mortier qu'elle tenait entre ses pieds nus. Sa vieille robe portait une nouvelle déchirure.

— Psst !

Elle leva la tête et son visage s'éclaira.

— Ah, c'est vous ! Pas besoin de chuchoter, Ingonde est partie voir les Francs.

— Tu ne peux pas venir, alors ?

— Bien sûr que si ! Elle a fermé la porte à clé, mais elle a oublié de m'interdire de sortir.

Ils rirent. Dès qu'ils étaient ensemble, le monde semblait plus beau. Morgana noua dans son dos le bout de ses nattes couleur de châtaigne pour être à l'aise, puis elle grimpa sur un tabouret.

— Tu peux y aller, décréta Pétrus, il n'y a personne.

Et elle se glissa par la fenêtre.

Il leur était difficile de se montrer ensemble, car une esclave n'avait rien à faire avec des « libres » qui n'étaient pas ses maîtres. Ils étaient donc obligés de faire sans cesse preuve d'imagination. Par exemple, les garçons passaient « emprunter » Morgana *pour jouer aux Romains et aux Barbares*, jeu qui les obligeait prétendument à disposer d'une esclave gauloise. Ingonde râlait un peu, mais les parents de Pétrus étaient trop riches pour qu'elle s'oppose.

Aujourd'hui, ils adopteraient une autre de leur technique : ils la suivraient comme s'ils se rendaient par hasard au même endroit et la rejoindraient quand l'opportunité se présenterait.

Au champ de Mars, les Francs déversaient sur le sol le contenu des chariots : de la vaisselle d'or et d'argent, des tissus, des céramiques, des fourrures, des monnaies et des bijoux. Quand tout fut étalé, les guerriers formèrent un cercle autour du butin.

Morgana fut impressionnée par leur allure. Leurs bras nus gonflés de muscles, leurs pieds enveloppés de fourrures, leurs armes redoutables… Les uns portaient ces haches de jet qu'on nommait francisques, les autres un genre de sabre, ces scramasaxes capables de fendre en deux un homme avec sa cuirasse.

La foule étant pour eux un bon abri, ils pouvaient rester ensemble sans attirer l'attention. Windus en profita pour souffler :

– Alors, comment il est, Clovis ?

Il ne parlait évidemment pas de son allure physique mais de sa personnalité. Car Morgana était la seule à discerner les auras, ces halos de lumière entourant chacun et qui variait selon son caractère. Elle chuchota :

– Rouge, avec un peu de mauve, de vert foncé et de marron.

– Ça donne quoi ? s'informa Pétrus.

– Intelligent, pas très commode mais un grand chef.

Elle avait résumé, cependant l'aura lui paraissait plus complexe que ça… Elle décida d'aller y voir de plus près et, plantant là les garçons, se glissa dans la foule.

Elle savait se faufiler comme personne, ce qui rendait sa vie d'esclave plus supportable. Elle avait été abandonnée à sa naissance sur le parvis d'une église et, selon l'usage, le prêtre avait demandé pendant la messe si quelqu'un voulait la prendre. C'est Ingonde, la guérisseuse, qui s'était proposée, et Morgana était donc devenue sa propriété. Par chance, le destin lui avait donné Pétrus et Windus et, avec eux, elle ne pouvait pas être malheureuse.

Elle était si menue que personne ne prit garde

qu'elle arrivait derrière Clovis et tendait la main pour le frôler.

Elle fut traversée par une vision fulgurante. Affreuse. Clovis embrochait un homme avec son épée, un homme au riche manteau brodé d'or et qui n'était pas armé...

Et cet homme ressemblait à Windus !

3
Le vase

Morgana se sentait atrocement oppressée. Clovis avait-il tué par traîtrise un homme de la famille de Windus ? Pourtant, le rouge de son aura était vif et non terne comme celui des assassins. Non, elle se trompait…

Clovis prononçait un discours dont elle ne comprenait pas un mot, puisqu'il ne parlait pas latin mais germanique. Elle rejoignit vite les garçons et s'informa :

– Qu'est-ce qu'il dit ?

Windus traduisit :

– Que le prêtre qui se tient près de lui vient de la part de Rémi, l'évêque de Reims, pour réclamer un vase d'argent volé dans son église, qui est un lieu sacré.

Des guerriers ricanèrent :

– On s'en fiche, de leurs églises !

Clovis eut un geste d'apaisement.

– Si on veut s'établir ici pour longtemps, il vaut

mieux ne pas se fâcher avec une organisation aussi importante que l'Église des chrétiens. Je propose qu'on rende ce vase.

– Sûrement pas ! cria une voix.

Clovis désigna l'objet à ses pieds :

– On en a des centaines, il ne nous manquera pas. Au partage du butin, je propose qu'on le mette dans ma part, comme ça je le rendrai à l'évêque sans qu'il vous en coûte rien.

Il y eut un brouhaha, puis un guerrier décréta :

– D'accord, tu peux le prendre. Après tout, c'est toi qui nous as menés à la victoire.

Une autre voix s'éleva :

– Pas question ! Tu n'as pas le droit de choisir ! Roi ou pas, ta part sera tirée au sort comme celle des autres, c'est la loi !

Sur ces mots, le guerrier s'avança, leva sa francisque et l'abattit sur le vase.

Le silence tomba sur la place. Tous s'attendaient à une réaction violente du roi, mais Clovis considéra un instant les dégâts, puis se contenta de déclarer :

– C'est entendu. Tirons le butin au sort, et je rachèterai le vase à celui qui l'aura eu dans sa part.

Morgana le contempla, sidérée. Comment un chef si calme pouvait-il assassiner un homme désarmé ?

Non, elle s'était trompée.

– Rentrons, souffla-t-elle, mal à l'aise. Je dois être de retour avant ma maîtresse.

Tout le monde étant occupé au champ de Mars, les Trois pouvaient rentrer ensemble sans prendre trop de précautions.

Ils franchissaient la porte de la ville quand le regard de Morgana fut attiré par une aura étrange sur le parvis de l'église Sainte-Marie. Un mélange de rouge, de violet et de jaune.

– Qui est cet homme ? chuchota-t-elle. On dirait un grand chef, mais intelligent et doux.

– Il porte une tunique religieuse, nota Windus, c'est sûrement ce Rémi qui réclame le vase.

À leur approche, l'évêque leva la tête et les considéra avec tant de surprise que Morgana pensa qu'il voyait lui aussi les auras. Or les leurs étaient exceptionnelles, d'une netteté et d'une brillance peu ordinaires, bien que de couleur différente : le jaune des savants pour Windus, le bleu des artistes pour Pétrus, le vert des guérisseurs pour elle. L'évêque s'exclama :

– Voilà de bons chrétiens qui viennent à l'église au lieu d'assister au partage du butin !

Ils se regardèrent sans oser répondre. Windus était franc, il vénérait Wotan, Thor et les autres dieux germains. Pétrus était baptisé, puisque la religion officielle en Gaule était le christianisme ;

cependant, en bon Romain, il apportait à manger sur la tombe des morts en février et fêtait les calendes de janvier en se déguisant et en offrant des étrennes. D'ailleurs, il continuait à appeler cette église de son nom ancien : « le temple d'Isis ». Morgana, gauloise de naissance, était donc la seule vraie chrétienne.

Ils cherchaient comment avouer qu'ils ne faisaient que passer quand, à leur grand soulagement, le prêtre arriva, portant le vase aplati :

– On nous l'a rendu, mais hélas en piteux état.

L'évêque prit l'objet, et Pétrus en profita pour l'examiner. Les gravures étaient écrasées et les incrustations de pierres précieuses avaient sauté.

– Il vaut mieux le refondre, déclara-t-il. Je vous en ferai un encore plus beau.

Rémi lui adressa un regard sidéré, puis sourit.

– Malgré ta jeunesse, je sens en toi un grand artiste. Qui es-tu ?

Morgana fut alors sûre qu'il voyait les auras. Pétrus répondit :

– Mon père fabrique des armes, mais moi de l'orfèvrerie.

Rémi hocha la tête. Même la manière de parler était étonnante, chez cet enfant. Il s'enquit :

– Tu crois donc possible de redonner vie à ce vase ?

Pétrus eut un grand sourire. La perspective de

créer de ses mains soulevait toujours son enthousiasme. Le prêtre protesta :

– Mais ce gamin n'a pas plus de…

Sans y prêter attention, Rémi posa le vase dans
les bras de Pétrus.

Le prêtre insista :

– Vous n'avez pas peur que…

L'évêque cligna des yeux.

– Non, je n'ai pas peur. Allez, mes enfants.

Et il les regarda s'éloigner d'un air pensif.

4
La bosse

Pétrus voulait se mettre tout de suite au travail sur le vase, et Windus parlait de gagner sa vie en recopiant les précieux papyrus de sa bibliothèque, mais Morgana, perturbée par sa vision, avait d'autres soucis. Elle s'informa :

— Est-ce que cette affaire de vase aurait quelque chose à voir avec notre mission ?

Windus remit les pieds sur terre.

— Tu as raison, tous ces événements… Pourtant il ne se passera rien de grave tant qu'on n'aura pas aperçu le Quatrième. Et il n'est pas là, hein ?

— Non, confirma Morgana.

C'est que les autres ne pouvaient le repérer, puisque, contrairement à eux, il changeait de nom et de visage à chaque vie. Seule son aura restait identique. Terrible. Elle eut un frisson. S'ils étaient de nouveau sur Terre, le Quatrième aussi. Il était toujours présent. Peut-être même que c'était à cause de lui qu'ils revenaient.

Elle laissa les garçons poursuivre leur route en discutant de leurs projets et rentra à la maison.

Elle y fut accueillie par un hurlement.

– Qui t'a donné l'autorisation de sortir ?

Sa maîtresse était déjà revenue ! Le dernier mot fut suivi d'un coup de balai sur la tête, et Morgana mit ses bras en protection.

Ingonde continuait à crier et à frapper, un coup pour chaque mot important :

– Tu oublies ta CONDITION, tu es ESCLAVE ! Il ne faut PAS te croire tout PERM…

La phrase s'arrêta là. En relevant son balai, Ingonde avait accroché la lourde lampe de bronze… qui lui tomba sur la tête, l'assommant net.

Sidérée, Morgana contempla l'huile qui se répandait, maculant de noir la terre battue. L'aura brun verdâtre de la grosse femme virait au gris.

Elle prit un chiffon, le plongea dans le seau d'eau et le passa sur l'entaille sanguinolente que sa maîtresse portait au front. Puis elle posa son doigt sur la bosse qui gonflait. L'aura verte entourant sa main se mit à briller.

Ingonde reprit aussitôt connaissance et se redressa. Elle regarda la lampe près d'elle, l'huile répandue, et se toucha le front avec incrédulité.

– Le choc m'a assommée et je n'ai même pas une blessure ! Que m'as-tu fait ?

– J'ai juste posé un chiffon mouillé sur la bosse, répondit Morgana.

La femme considéra le seau d'un air intrigué.

– Qu'y avait-il dans l'eau ?

– Rien…

Ingonde se leva et la cingla d'un coup de torchon.

– Ne mens pas ! Y as-tu ajouté des herbes ?

– Non.

– Alors, en rapportant l'eau de la fontaine, t'estu arrêtée dans une église ? C'est l'eau de lavage du tombeau d'un saint, hein ?

Morgana s'affola. Si elle avouait que c'était le simple contact de ses mains qui guérissait, sa maîtresse ne l'affranchirait jamais. Elle repensa à l'évêque et, prise d'une inspiration, déclara :

– C'est sans doute à cause de l'huile sainte. Vous aviez rempli votre lampe au luminaire de l'église.

Ingonde la fixa. Oui, elle était bien allée au petit matin récupérer l'huile d'un luminaire… Attention, il ne s'agissait pas d'un vol, puisqu'elle l'avait remplacée par de l'huile apportée de chez elle !

Cette esclave avait raison. L'huile consacrée avait empêché la lampe de la blesser !

Ingonde se précipita à genoux pour récupérer le maximum du précieux liquide avant que la terre

n'ait tout absorbé, et Morgana en profita pour disparaître dans la chambre.

Ni l'une ni l'autre ne sut donc que, depuis la
porte d'entrée, une femme et son fils avaient
assisté à la scène.

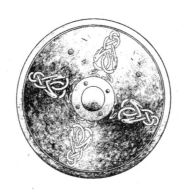

5
La guérisseuse

Un an avait passé, et c'était leur anniversaire. Morgana trempa distraitement son pain dans son bol de vin aigre. Ils ne connaissaient pas leur année de naissance, mais la date oui, car la mère de Pétrus s'en souvenait. Et cela suffisait, puisqu'ils étaient tous nés le même jour !

Pour elle, personne ne se souvenait de rien. Quand elle pensait à sa mère qui l'avait abandonnée à la porte de l'église, elle se sentait saisie par l'angoisse. Windus disait que ça n'avait pas d'importance, que ça faisait partie des hasards de la vie, mais elle ne pouvait empêcher que, parfois, les larmes lui montent aux yeux.

Elle se força à sourire. Qu'est-ce que ça pouvait faire ? Elle avait Pétrus et Windus !

Et aujourd'hui était doublement important, car on était le premier jour de mars et que Clovis revenait passer ses troupes en revue au champ de Mars. Il délaissait donc Tournai pour Soissons, ce qui était un honneur pour la ville.

Pourtant ça rendait Windus nerveux : sa mère n'aimait pas le roi des Francs, et Morgana craignait de deviner pourquoi.

Elle préféra ne pas y penser. Elle avait gardé sa vision pour elle. Elle aimait trop Windus pour lui asséner une révélation terrible et peut-être fausse.

– Dépêche-toi ! grogna sa maîtresse. Quelle traînarde !

Morgana laissa là son déjeuner et s'attaqua à la poussière des étagères. Elles étaient encombrées de flacons, certains contenant des objets très précieux, comme un fil de la tunique de saint Crépin, d'autres des coquilles d'escargots, de la poudre de lombric pilé ou des herbes.

Il fallait convenir qu'Ingonde s'y connaissait en plantes et, parfois, elle guérissait ses patients. Mais quand elle leur faisait respirer le cœur d'un poisson grillé, lavait leurs plaies à l'huile bénie ou les saignait plusieurs fois au bras, ils mouraient souvent.

Morgana entendit un grattement sur la toile huilée qui fermait la fenêtre. Derrière, elle distinguait le bleu des artistes et le jaune d'or des savants. Elle jeta un regard vers la guérisseuse. Ingonde pressait contre la dent douloureuse d'une patiente un morceau de bois provenant de l'arbre sacré qui poussait sur la tombe de saint Crépinien. Morgana entassa du linge sale dans le seau et annonça :

– Je vais à la rivière.

Hélas, la guérisseuse l'arrêta :

– Attends ! Tiens-moi ça un moment.

Et elle l'obligea à prendre le morceau de bois.

Effrayée, Morgana tenta de retenir son don, mais la malade se trouva immédiatement soulagée. Et ébahie.

– Votre remède est miraculeux, Ingonde ! Et on prétend que les guérisseurs créent plus de douleurs qu'ils n'en soulagent !

La guérisseuse, première surprise de l'efficacité du traitement, prit un ton de confidence :

– Ce sont les mauvais médecins qui créent la douleur, parce que Dieu s'est détourné d'eux. (Elle baissa encore d'un ton, sans doute pour ne pas alerter le Seigneur.) Moi, je suis très pieuse, et Il me soutient. J'ai même réussi à me guérir d'un terrible choc (elle désigna son front), sans garder la moindre trace. (Elle reprit le bâton des mains de Morgana.) Toi, prépare-nous une tisane de girofle et d'aloès pour consolider l'effet.

Les garçons, peu doués pour la patience, s'encadrèrent alors dans la porte.

– Le roi a besoin de Morgana pour balayer le

champ de Mars avant la revue, déclara Windus. Elle doit y aller tout de suite.

La guérisseuse se rebiffa :

– Quoi ? Pourquoi elle ?

– Il ne peut pas emprunter d'esclaves aux Francs, c'est interdit par la loi. Il réquisitionne donc ceux des Gaulois.

– La loi ? Quelle loi ?

Windus prit son air le plus solennel :

– La loi *salique*, celle des Francs *Saliens*. Nous ne sommes plus sous la loi romaine !

Pétrus ajouta :

– La loi dit qu'un Gaulois est obligé de prêter ses esclaves si un Franc le demande.

– Cependant, finit Windus, le prêt ne peut excéder trois heures, sous peine d'amende.

Il était content de cette dernière trouvaille, ça faisait sérieux. La femme râla contre ces lois barbares et finit par un « Ramenez-la vite » très agacé.

Ils n'imaginaient pas encore ce que serait cette journée.

6

La vengeance

Morgana accompagna donc les garçons, le balai qu'elle portait donnant l'illusion qu'elle était à leur service. Dès qu'ils furent dans la rue, elle souffla :

– Formidable, cette loi…

– Il n'y a pas plus formidable qu'une loi qu'on invente quand on en a besoin, répliqua Windus.

Et ils éclatèrent de rire. Puis Morgana interrogea :

– C'est une blague, la loi salique ?

– Non non ! Je lui ai juste ajouté le petit article qui m'arrangeait.

– Alors, elle ne parle pas des esclaves ?

– Eh bien… si, parfois. *Pour le meurtre d'un esclave, l'amende sera de trente-cinq sous, pour un homme libre deux cents sous, pour un noble franc six cents sous.*

– Ça, ça vous remet à votre place…

Ils entendirent le pas d'un cheval derrière eux,

mais n'y prêtèrent pas attention. Pour faire oublier à Morgana les histoires d'esclaves auxquelles elle restait toujours trop sensible, Windus s'amusa :

– Il y a plein d'autres choses étranges : *Celui qui aura blessé quelqu'un à la tête payera quinze sous d'or si le sang a coulé jusqu'à terre, trente sous si trois morceaux d'os sont sortis du crâne, quarante-cinq sous si on voit le cerveau.*

Ils furent interrompus par une voix venant d'en haut :

– Et pour le meurtre d'une femme ?

Le cavalier était Clovis ! Windus se troubla.

– Euh… deux cents sous. Six cents si elle est en âge d'avoir des enfants.

– Et pour les insultes ?

– *Si un homme libre traite un autre de renard, de lièvre ou de vaurien, trois sous.*

Le roi eut un sourire amusé et déclara :

– Je me souviendrai de toi.

Ils le regardèrent s'éloigner, un peu suffoqués. Puis Pétrus s'exclama :

– Et si notre mission concernait Clovis ? Qu'est-ce que tu en penses ?

– Eh ! répondit Windus. Je connais le passé, pas l'avenir !

Morgana sentit son cœur se serrer. Elle aurait donné beaucoup pour que leur mission n'ait rien à voir avec le roi des Francs. Maintenant, elle aurait voulu les retenir, qu'ils n'aillent pas à la revue militaire.

Mais on n'échappe pas à son destin.

Sur le champ de Mars, les guerriers étaient alignés, raides et en armes. On disait que c'était grâce à cette discipline que l'armée des Francs remportait ses victoires, mais elle n'avait tout de même pas l'unité des vieilles armées romaines, songeait Windus. Ici, pas d'uniforme, chacun s'habillait et s'armait comme il voulait.

Le roi longeait à cheval les colonnes immobiles, dévisageant chacun d'un œil attentif. Il

s'arrêta soudain et désigna un homme du bout de sa francisque :

– Qu'est-ce que c'est que cette tenue débraillée et ces armes mal entretenues ?

Et d'un violent coup de pied, il fit tomber le scramasaxe du guerrier. Les Trois reconnurent alors l'homme qui avait fracassé le vase de l'évêque ! Il se baissa pour ramasser son arme…

Il n'eut pas le temps de se relever. La francisque du roi s'abattit sur lui, le tuant net.

Dans un silence de mort, Clovis remit sa hache à sa ceinture et lâcha :

– C'est ce que tu as fait au vase…

Il n'y avait plus un mouvement dans les rangs. Un tel chef, mieux valait ne pas le contrarier. Morgana fut alors sûre que sa vision était fondée, que Clovis avait autrefois tué le père de Windus.

Elle fronça les sourcils en apercevant une aura sombre à la droite de Clovis, noire, sillonnée d'éclairs rouges et bruns. Alarmée, elle chuchota :

– Il est là…

Et les autres comprirent de qui elle parlait.

7

L'aura noire

Le Quatrième était de retour, et son aura était toujours aussi effrayante…

Morgana fut interrompue dans ses pensées par Ingonde :

– Regarde, quand je soigne ! Tu dois apprendre pour m'aider.

La guérisseuse cracha sur une feuille de vigne et l'appliqua sur l'ulcère qui déformait la jambe de sa patiente. Morgana s'assit à prudente distance. Elle craignait toujours de frôler sa maîtresse à un endroit douloureux, et que celle-ci découvre ses talents.

– Viens plus près, s'impatienta Ingonde.

Morgana ne bougea pas.

– Je… Je suis trop sotte pour apprendre.

– Allons ! Dans ce métier, la sensibilité compte plus que l'intelligence. Regarde, maintenant j'enveloppe la jambe… (Elle leva la tête.) Ah ! elle est de retour avec les armées !

– Ma maladie ? s'effraya la patiente.

– Non ! Dehors ! La concubine de Clovis qui est venue me voir l'an dernier. Je me rappelle que c'était le jour où j'ai été sauvée par l'huile sainte. Elle est du peuple des Ostrogoths. Avec son fils, elle faisait partie d'un butin de guerre. Ostrogotho, il s'appelle, son fils. Un drôle de gars. Du genre qui fait froid dans le dos.

Sur ces mots, elle aida sa malade à se lever et sortit pour la raccompagner chez elle.

Morgana voyait très bien qui était le garçon *qui faisait froid dans le dos*. Ainsi, dans cette vie, le Quatrième se nommait Ostrogotho…

Elle réfléchit. Il était présent le jour où la lampe avait assommé Ingonde… qui était aussi celui où le guerrier avait écrasé le vase. Et il était là également quand Clovis avait abattu sa francisque sur la tête de l'insolent ! Sachant de quoi était capable le Quatrième, elle ne croyait pas à un hasard.

Elle se crispa. Une aura d'un brun-noir zébré de rouge s'encadrait dans la porte !

Pour la première fois, elle le voyait de près. Ostrogotho était plus âgé qu'eux, pas très grand mais très musclé. Avec ses cheveux bruns bouclés et son teint éclatant, il pouvait sembler beau à ceux qui ne percevaient pas les auras. Il était entièrement vêtu de fourrures – rat, loup, ours, écureuil –, sans doute des bêtes qu'il avait tuées lui-même. Il grogna :

— Je suis malade, soigne-moi.

Il n'était pas malade, il n'y avait pas de gris dans son aura. En revanche du vert jaunâtre indiquait qu'il mentait. Morgana répondit :

— Je suis esclave, pas guérisseuse.

— Tu peux quand même toucher mon front pour voir si j'ai de la fièvre !

— Inutile. Ton teint respire la santé.

— Pose ta main sur mon front, je te dis !

Morgana ne se laissa pas impressionner :

— Si tu as de la fièvre, entoure-toi le cou d'un fil du linceul de saint Sylvestre.

Ostrogotho éclata d'un rire grinçant.

— Ne me dis pas que tu crois à ces bêtises !

Il se jeta sur le sol et se contorsionna en braillant comme si la fièvre affectait sa raison.

— Aaaah… !

Morgana n'esquissa pas un geste. Alors il se releva d'un bond, sortit son poignard et lui attrapa la main. Mais au lieu de la blesser, il entailla son propre bras. Puis il lâcha le poignard et posa la main de Morgana sur sa plaie.

Le sang s'arrêta aussitôt, et la coupure se referma.

Il ne fit pas de commentaire. Il eut juste un sourire narquois, comme s'il savait enfin ce qu'il voulait savoir, et il sortit.

Morgana en resta pétrifiée.

8
Cruelle révélation

Du temps avait passé depuis cette rencontre avec le Quatrième, et Ostrogotho avait disparu, suivant Clovis dans ses campagnes guerrières. Il ne leur manquait pas, évidemment, mais les Trois se doutaient qu'il réapparaîtrait un jour, et que ce jour n'était pas loin, car ils devaient avoir maintenant dans les douze ans…

Windus inscrivit le dernier caractère de l'alphabet qu'il offrirait à Morgana pour lui apprendre à lire. Il était content de son travail. Sur parchemin, les lettres étaient plus précises que sur papyrus, puisqu'on les traçait avec une plume d'oie effilée au lieu d'un roseau. Et puis les erreurs étaient faciles à corriger, il suffisait de gratter l'encre à la pierre ponce.

Ce serait son cadeau d'anniversaire.

Pour Pétrus, il avait recopié l'histoire de Vulcain, le dieu forgeron qui avait donné vie à un corps façonné dans la boue.

Il leva la tête quand sa mère entra. Elle avait sur le visage une expression à la fois solennelle et sévère qui le frappa. Elle s'assit en face de lui et déclara :

— Clovis est de retour. Et cette fois, tu es assez grand.

Windus la considéra avec appréhension.

— Assez grand… pour quoi ?

— Assez grand pour savoir qui a tué ton père.

— Mon père a été…

— Assassiné d'un coup d'épée. Par un Germain, un Franc Salien du peuple des Sicambres.

Windus en eut le souffle coupé :

— Tu veux dire… Clovis ?

— C'est ainsi qu'on l'appelle, oui. Moi, je le nomme l'ASSASSIN.

— Il s'est battu avec mon père et…

Hélas, la réponse l'assomma :

— Ils ne se sont PAS battus. Clovis n'a PAS tué ton père en combat singulier, il l'a tué de SANG-FROID. Et parce qu'ils étaient cousins !

— Je… ne comprends pas.

— Pour régner tranquillement, Clovis a traqué un à un tous les membres de sa famille qui pouvaient lui disputer le trône. Il leur tendait un piège et les assassinait. Un par un. Tous morts. (Elle eut une moue dégoûtée.) Et, double bénéfice, il agrandissait son royaume en s'appropriant

43

le leur ! (Sa voix se brisa.) En ce temps-là, nous étions heureux, et riches.

Elle redressa la tête et fixa son fils dans les yeux. La terreur le saisit. Il savait déjà ce qu'elle allait dire.

— Tu connais la loi des Francs…

Elle voulait parler de la *faida*, la vengeance d'honneur. D'une voix sans timbre, il protesta :

— La faida n'est pas une loi, mère, juste une coutume.

— La coutume est encore plus forte que la loi, car elle vient du cœur des peuples ! Elle te commande de venger la mort par la mort !

Elle se leva, fit le tour de la table et posa les mains sur les épaules de Windus, comme pour qu'ils se donnent mutuellement de la force.

— Ne crois pas que je te dise cela de gaieté de cœur. Tu es mon fils unique et j'ai peur de te perdre. Mais tu étais aussi le fils unique de ton père, et tu dois réparation à sa mémoire.

Windus ne répondit pas. Il se sentait glacé.

9
Des préparatifs si différents !

Pétrus ne se doutait encore de rien. Penché sur son brasero, il déposa au bord la plaquette d'or en forme d'oiseau qu'il venait de couler. Depuis qu'il avait refait le vase de l'évêque, toute la ville le harcelait pour lui commander de l'orfèvrerie. Seulement il ne travaillait que pour les gens qu'il aimait. Et Morgana était au premier rang de ceux-là. Il ne raterait pas son anniversaire !

Et puis, c'était peut-être leur dernier anniversaire dans cette vie…

Cela ne parvint pas à l'attrister, son esprit était trop occupé par ce qu'il faisait. Il prit sa pince et tira du creuset un fil d'or de l'épaisseur exacte qu'il voulait. Dans la ville, on s'étonnait qu'il réussisse sans jamais avoir appris, mais ça lui paraissait si simple !

Il coucha soigneusement le fil tout autour de l'oiseau pour en souligner la silhouette puis, avec une pince à épiler, il saisit une à une les lames de grenat[1] taillées en forme de plumes et les disposa dans l'espace réservé à l'aile. Il ajouterait des éclats de nacre blanche pour rendre le volume.

Là… Maintenant, un grenat très brun pour le bec, un autre, étincelant, pour l'œil. Pour finir, coucher d'autres fils d'or entre les plumes et faire fondre doucement le tout à la chaleur. Il ne resterait plus qu'à fixer l'oiseau sur une grosse épingle et Morgana aurait une fibule pour fermer sa cape !

Il était si concentré qu'il ne vit pas Windus passer dans la rue.

Windus n'avait pas non plus tourné la tête vers la maison de Pétrus. Ce qui lui arrivait le séparait des autres, et c'était peut-être le plus terrible. Eux dont la mission sur terre avait toujours été de paix !

1. Pierre précieuse dans les tons rouges.

Il se sentait à la fois abattu et terrifié.

Il s'arrêta devant la haute façade de bois du palais et la scruta comme si elle était son ennemie. Pour la centième fois, il se répéta la maxime qui empoisonnait sa vie : « Si tu ne venges pas la mort de tes parents, tu ne mérites pas le nom d'homme. »

Il n'avait pas le choix. Comploter lui faisait horreur, tuer lui faisait horreur, cependant il n'avait pas le choix.

Ça le désespérait.

Le palais bruissait comme une ruche, confirmant que le maître était de retour. Et les gardes aussi étaient revenus, tout en muscles et plein d'une sorte de hargne contenue. Si la façade ne se jetait pas sur lui, ce seraient les gardes. Car ses mauvaises intentions étaient sûrement inscrites sur son visage.

– Tiens ! Le garçon qui connaît par cœur la loi salique !

Clovis ! Il l'observait depuis la cour. Il l'avait reconnu ! Windus en fut sidéré. Il ne douta plus que, tout au long de ces années, s'était tracée la route qui le menait aujourd'hui ici. Clovis était venu à Soissons, Clovis avait remarqué son don de mémoire, Clovis le faisait entrer au palais…

Rien n'était dû au hasard, et on ne pouvait se battre contre son destin. Pour s'empêcher de reculer, il adapta vite le discours qu'il avait préparé :

– Justement, sire, j'ai repensé à cette loi. Elle est orale et, de plus, n'existe que dans la langue des Francs. C'est un gros inconvénient. Si elle était écrite, et à la fois en germanique et en latin, elle se diffuserait mieux, serait comprise par tous.

Clovis le considéra avec surprise, puis il caressa sa fine barbe blonde. Windus insista :

– Et quand une loi est écrite, plus personne ne peut la contester.

– …

– Je peux le faire, si vous voulez, l'écrire. Sur papyrus ou parchemin, selon votre choix.

– Quelle différence ?

– Le papyrus est fabriqué avec une plante qui vient d'Égypte et coûte cher. On doit le conserver roulé, car il se casse facilement. Le parchemin, lui, est de la peau tannée, facile à trouver, plate et beaucoup plus solide. On peut le découper, plier les feuilles et les coudre ensemble pour constituer un *codex* qui tient peu de place et qu'on peut ouvrir mille fois sans l'abîmer. Et si on lui pose une couverture de cuir, il devient encore plus…

– Ça va, ça va, fit Clovis, amusé. Je choisis le parchemin. Commande ce qu'il faut et, demain, nous verrons ensemble ce que tu auras à écrire.

Windus s'inclina. Il avait gagné, il prenait pied au palais !

Pourtant cette victoire lui semblait bien amère, et ce qu'il sentait dans son cœur tenait plutôt de l'effroi.

10

Douze ans !

Le rendez-vous avait lieu chez Pétrus, où Morgana « livrait des plantes » si souvent qu'il y avait là de quoi soigner un régiment pendant dix ans.

Éberluée, elle contempla la fibule que lui tendait son ami. Un bijou si extraordinaire que les larmes lui vinrent aux yeux.

– Mais Pétrus… cette fibule est beaucoup trop belle pour une esclave !

Il haussa les sourcils, surpris, et finalement rit :

– J'oublie toujours ton statut, je fais juste ce qui te correspond le mieux. Cette fibule a l'éclat du soleil, comme toi !

Morgana ne put s'empêcher de rire aussi. C'était leur amitié qui était un vrai soleil ! Elle sortit à son tour de sa ceinture le sachet de toile qu'elle avait préparé. Sa valeur n'avait évidemment rien à voir avec l'oiseau d'or, mais c'était sans importance, elle le savait.

– Je t'ai fait ce talisman. Le tissu a séjourné un

mois près du tombeau de saint Crépinien et, d'après Ingonde, ça protège de la grêle, des maladies, des voleurs et des incendies.

— Merveilleux ! s'amusa Pétrus. Et qu'est-ce que tu as mis dans le sachet ?

— Des graines d'anis qui viennent de Rome. Je ne suis pas sûre que ça garantisse contre la foudre mais, au moins, c'est bon pour la digestion.

Ils se frappèrent dans la main avec gaieté.

Leur bonne humeur fut subitement douchée par l'arrivée de Windus. À cause de la tête qu'il faisait et du ton sur lequel il annonça :

— Cet anniversaire est bien celui de nos douze ans, croyez-moi !… Douze ans, l'âge auquel le destin nous fait un croche-pied.

Morgana protesta :

— L'âge auquel nous influons sur le destin du monde, Windus ! Qu'est-ce qui t'arrive ?

Il articula :

— Clovis est le meurtrier de mon père. Je dois accomplir la faida, le venger.

Morgana pâlit. Voilà ce qu'elle avait toujours redouté ! Elle comprenait aujourd'hui la vraie raison qui lui avait fait cacher la vérité à Windus : elle ne voulait pas que la haine pénètre dans son cœur. Car celui qui vit dans la haine ne peut que se détruire lui-même.

Atterré, Pétrus souffla :

– Tu veux dire que notre mission dans cette vie est de tuer Clovis ?

Morgana se rebella :

– Sûrement pas ! Nous avons toujours eu des missions de paix. De paix !

Il y eut un silence, puis Pétrus suggéra :

– Peut-être que tuer Clovis est le seul moyen de protéger la paix.

Il sortit de sa cachette le scramasaxe qu'il avait préparé.

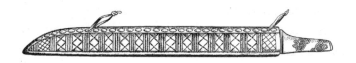

– Dans ce cas, mon cadeau tombe bien.

C'était une arme magnifique. Il avait orné son fourreau et son pommeau en « cloisonné » – des pierres serties dans de l'or comme pour l'oiseau de Morgana. Il le présenta à Windus sur ses mains ouvertes :

– Nous allons nous entraîner sérieusement.

Morgana s'interposa :

– Vous êtes fous, tous les deux ! Cette faida est une roue qui tourne sans fin et écrase tout sur son passage. Le meurtre appelle le meurtre, la vengeance, la vengeance. (Elle prit la main de Windus.) Tu n'y gagneras qu'une vie de violence et de peur, une vie détestable. Jusqu'à ce que tu meures à ton tour.

Windus ne protesta pas. Il ne la regardait pas, la clarté de ses yeux lui aurait fait trop mal, il fixait le sol. Il dit simplement :

— Je sais tout cela. Et aussi qu'aujourd'hui nos routes se séparent. Car je ne peux qu'accomplir la vengeance et je ne veux pas vous entraîner dans ma chute.

Morgana serra sa main.

— Regarde-moi !

Il releva la tête. Dans les paillettes d'or de ses yeux, elle lut à la fois le désespoir et la détermination. Son aura se marbra de rouge : sa décision serait inébranlable. Alors elle décréta :

— Il n'est pas question que nous nous séparions.

Et son cœur se gonfla de terreur.

11
La vision

Morgana se torturait. Et si le Quatrième était en train de déteindre sur eux, et qu'ils avaient aujourd'hui une mission de mort !

Le pire était qu'actuellement, Windus était au palais !

On était pourtant dimanche, le jour du Seigneur. On devait se reposer comme Dieu l'avait fait le septième jour de la création du monde, sinon on pouvait perdre l'usage de ses mains. C'est du moins ce qu'on disait. Mais cela ne faisait pas peur à Windus. Il n'était pas chrétien et, pour lui, le dimanche était juste le jour du soleil.

Pour Pétrus aussi, d'ailleurs – qui, en tant que Romain, fêtait le jeudi, jour de Jupiter.

Morgana fut prise d'un étourdissement et s'accrocha au chambranle de la porte. Une jeune fille inconnue apparut devant ses yeux, enveloppée d'un voile de soie, et lui montra la bague en or qui ornait son pouce.

La vision s'effaça et Morgana reprit ses esprits. Qu'est-ce que ça voulait dire ?

Et si cela signifiait que leur mission n'avait rien à voir avec Clovis, mais avec cette jeune fille ?

Il fallait qu'elle en parle d'urgence à Windus ! Elle attrapa sa cape pour sortir… et s'arrêta net.

– Ingonde, où est ma fibule ?

– TA fibule ? Comment une esclave posséderait-elle un tel bijou ?

– Vous l'avez prise ?

– Je l'ai confisquée, oui. Pour la raison que tu n'as pu l'avoir que par une mauvaise action.

– C'est un cadeau de Pétrus !

– Pétrus est de condition libre, il ne doit pas faire de cadeau à une esclave. Je pourrais l'accuser de vouloir te débaucher, et ça s'appelle du vol d'esclave. Aussi grave que de voler un cheval ! Si je ne porte pas plainte, c'est par pure bonté d'âme.

Morgana serra les lèvres. Si elle insistait, Pétrus aurait les pires ennuis. La colère au cœur, elle attrapa un panier et sortit sans se retourner.

– Et reviens à temps pour faire la soupe ! cria Ingonde.

Morgana passa par l'extérieur des remparts et cueillit les herbes sauvages qui lui serviraient d'alibi pour entrer au palais.

Être esclave avait ses avantages, personne ne vous prêtait attention. Les gardes se contentèrent de vérifier le contenu de son panier et lui indiquèrent la porte des fournisseurs, à l'arrière du bâtiment.

Il n'y avait personne dans la basse-cour, que les poules. L'évêque Rémi avait obtenu de Clovis qu'il laisse leur dimanche à ses esclaves chrétiens. Donc, personne pour la renseigner… sauf un chien à l'inquiétante allure de loup.

Malgré son aspect sauvage, il avait une aura couleur d'aurore, signe de loyauté, aussi elle s'approcha pour le caresser.

— Tu ne saurais pas où travaille Windus, par hasard ?

Il leva la tête, et elle vit que, sur son front, son aura était teintée de gris. Ce chien n'y voyait presque plus ! Elle lui posa la main sur les yeux.

L'animal eut comme un sursaut, puis regarda autour de lui avec surprise et se mit à lui lécher les doigts. Une voix l'apostropha alors :

— Quel enthousiasme ! Ce chien qui ne s'intéressait plus à rien… Qui es-tu ?

Morgana fut soulagée en reconnaissant Clovis. Au moins il était toujours vivant. Elle bredouilla :

— L'esclave de la guérisseuse, sire. Je cherche votre secrétaire, Windus, qui a commandé des herbes… pour ses maux de dents.

Le roi indiqua d'un geste vague un escalier d'angle, puis son regard revint vers le chien.

– On dirait que Romulfus va beaucoup mieux… et qu'il voit ! Que lui as-tu fait ?

– Rien, sire

– C'était mon meilleur chien de chasse, mais il avait perdu la vue !

– Peut-être est-ce un miracle, proposa timidement Morgana. Vous aurez prié un saint de le guérir…

Clovis éclata de rire :

– Un saint ? Je ne prie que mes dieux, ils sont autrement plus efficaces que les inventions chrétiennes. Sais-tu que mon grand-père Mérovée était lui-même fils d'un dieu ? Un dieu à tête de taureau qui a surgi du fleuve au moment où la reine se reposait sur la berge.

C'était effectivement ce que prétendaient les descendants de Mérovée[1] pour justifier leur place sur le trône. Seulement, ce Mérovée, les Trois l'avaient connu et, d'après Windus, ce n'était qu'un simple chef de guerre.

Morgana s'inclina et s'esquiva avec discrétion. Clovis saisit alors la gueule du chien et examina ses yeux. Clairs et brillants. Il n'en revenait pas. Il plissa le front et regarda l'esclave qui se dirigeait

---

1. Les Mérovingiens. Mérovée apparaît dans *L'otage d'Attila*.

vers l'escalier. Étrange… En plus, elle allait voir Windus, un garçon étonnant lui aussi, à peine adolescent, et à qui pourtant il avait confié la mise par écrit de ses lois.

Il regarda de nouveau le chien, puis décida de suivre la fille.

12

Une loi suspecte

Le texte noté au brouillon sur une tablette de cire ne différait pas beaucoup de l'ancienne loi, il se contentait de la préciser. Windus prit sa plume et recopia sur parchemin :

Si un Romain dépouille un Franc, il sera condamné à une amende de soixante-trois sous. Si un Franc dépouille un Romain, il payera trente-cinq sous.

Ainsi, lui, en tant que Franc, valait deux fois plus que Pétrus. Et Morgana n'était évidemment que poussière… Ridicule.

Et si un roi assassinait son cousin, qu'est-ce qu'il risquait ?

La colère monta de nouveau en lui. Bien sûr, de nombreux rois avaient agi ainsi et décimé leur famille mais, cette fois, cela concernait son père, le malheur de sa mère…

Le cœur déchiré, il reprit sa plume.

Si un homme libre touche la main d'une femme libre, il payera une amende de quinze sous.

Il tuerait Clovis d'un seul coup dans le cœur, comme ce traître avait tué son père...

Mais pour cela, il devrait faire entrer au palais son scramasaxe, donc tromper la vigilance des gardes. Ce ne serait pas facile.

Ses yeux tombèrent sur la lame de fer qui servait à découper le parchemin. Sa main se tendit... La porte s'ouvrit. Il posa vite sa feuille sur la lame pour la dissimuler.

C'était Morgana !

Celle-ci referma la porte – doucement, à la manière des esclaves – et s'approcha sur la pointe des pieds. Elle avait un air mystérieux.

– Je dois te parler !

– Ça m'a l'air sérieux, en effet...

– J'ai eu une drôle de vision. Une jeune fille que je ne connais pas et qui me montrait sa bague. Une bague ronde, comme une grosse monnaie d'or, avec une inscription autour.

– Un anneau sigillaire ?

– Je ne sais pas...

– C'est une bague qui sert de sceau. On l'imprime dans la cire pour signer.

– Alors peut-être, oui. Cette femme serait importante ? (Les yeux pervenche de Morgana se mirent à briller.) Windus, je suis sûre que notre mission n'est pas de tuer Clovis ! Notre mission a un rapport avec cette femme !

Windus ne s'emballa pas, il se contenta de s'informer :

– Tu te souviens de l'inscription ?

– Comme ça…

Et elle traça du doigt les lettres sur la table. Windus lut :

– CLOTILDE.

– Tu la connais ?

– C'est la nièce du roi des Burgondes. Elle habite Genève.

Ils se turent, car la porte se rouvrait. Sur Clovis ! Windus jeta un regard inquiet vers la lame dissimulée sous le parchemin, et Morgana sortit les plantes de son sac en expliquant :

– Vous prendrez une infusion de ce mélange trois fois par jour, et vos douleurs de dents s'atténueront.

Mais elle ne fit pas un geste pour repartir. Elle avait surpris le regard de Windus vers sa feuille de parchemin, en même temps que son aura d'or s'était ternie. Elle posa son sac sur le parchemin.

Les yeux de Clovis passèrent sur elle, cependant c'est à Windus qu'il s'adressa :

– J'ai repensé à la loi salique. Il y a un article que je voudrais ajouter. C'est à propos de cette faida qui nous tue chaque année tant de valeureux guerriers.

Windus se mordit la lèvre. Clovis poursuivait :

– Pour arrêter ces massacres inutiles, j'ai décidé de supprimer cette faida. Tu vas écrire que n'importe quel meurtre peut être compensé par une amende, et que les deux tiers de cette amende iront à la famille de la victime. Ça devrait calmer les appétits de vengeance.

Un serviteur entra, lui chuchota quelque chose à l'oreille, et le roi ressortit.

Morgana s'exclama alors à voix basse :

– Ça change tout !

Windus ne répondit pas. Elle insista :

– Cette loi dit que tu n'as plus l'obligation de te venger !

– Il y a la loi et la coutume, Morgana, et la coutume prévaut. Surtout quand la loi est faite par celui qu'elle arrange ! Clovis assassine son entourage, puis il décrète que la vengeance n'est plus possible. Facile, non ?

– Tu veux dire…

– Que ça ne change rien pour moi.

13

Une revenante

Le scramasaxe de Windus effleura l'épaule de Pétrus, qui esquiva :

– Raté ! (Il piqua son épée sur la poitrine de son adversaire.) Toi, en revanche, tu es mort.

Windus saisit délicatement la lame et la détourna.

– Aide-moi à travailler la parade, parce que, lorsque j'aurai enfoncé la lame dans le cœur de Clovis, j'aurai à détourner les armes de ses gardes.

– Là, nous serons deux, car j'irai avec toi.

Windus eut un temps d'hésitation, puis il déclara :

– J'y compte bien !

Et il songea que Pétrus ne serait pas là pour la bonne raison qu'il ne le préviendrait pas. Il était inutile et injuste qu'ils meurent tous les deux.

Une trompe appela à la messe, et Pétrus raccrocha son épée au mur. Il irait à l'église, car c'était

l'évêque Rémi qui célébrerait cet office, celui pour qui il avait refait le vase. Il s'informa :

– Tu sais pourquoi l'évêque de Reims vient fêter le onzième anniversaire du règne d'un païen comme Clovis ?

– Ils sont amis depuis longtemps, répondit Windus. Dans les documents du palais, j'ai trouvé une lettre où Rémi donne à Clovis des conseils pour bien gouverner. Pas mauvais, d'ailleurs, ces conseils : protéger veuves et orphelins, rendre une justice équitable… (Il grimaça.) *Protéger… Justice…*

Il releva son scramasaxe et s'attaqua avec fureur au poteau d'entraînement.

En tant qu'esclave, Morgana était reléguée au fond de l'église. Il lui était donc impossible de voir Pétrus qui, lui, avait sa place devant. Pourtant elle aurait bien voulu lui parler, parce qu'elle n'avait qu'à moitié confiance en lui pour calmer Windus. Il avait trop tendance à vouloir régler les problèmes par la bagarre.

La messe à peine finie, elle sortit vite pour l'attendre sur le parvis. C'est là qu'elle aperçut Clovis, sur un cheval magnifique qui portait au front la tête de taureau symbolisant la force, emblème de la lignée de Mérovée. Le roi était païen et n'avait pas assisté à la cérémonie, mais il venait attendre Rémi, son invité. En voyant paraître l'évêque, il descendit de cheval.

Rémi était accompagné d'une vieille religieuse dont le visage intrigua Morgana. Autour d'elle, on chuchotait que c'était Geneviève, une sainte qui avait aidé Paris à résister à Attila.

Geneviève ! Attila !... Bien sûr, elle les avait connus dans sa vie précédente ! Les chuchotements poursuivaient :

– Et elle a de nouveau sauvé Paris de la famine quand Clovis l'assiégeait.

– Oui, elle est partie de nuit par le fleuve pour chercher du ravitaillement.

Morgana crut avoir mal compris. Clovis avait

assiégé sa ville et, maintenant, Geneviève acceptait son invitation ?

Mais alors... Si le roi avait des amis aussi nobles de cœur que Rémi et Geneviève, il n'était sûrement pas si mauvais ! Elle entendit une exclamation :

– Morgana !

La vieille religieuse, qui l'interpellait, l'air stupéfait, se reprit en riant :

– Suis-je sotte ! La jeune fille que j'ai connue avait ton visage, ton âge, mais il y a de cela... quarante ans ! Serais-tu une de ses parentes ?

– Je l'ignore, répondit Morgana. Je suis une enfant trouvée, une esclave.

– Esclave ? Comment cela se peut-il ? (Elle se tourna vers l'évêque.) L'esclavage est insupportable, Rémi. Pourquoi le tolérer ? Et toi, Clovis... Il faut que nous en parlions !

Le roi rit :

– Si je vous écoutais, mes bons amis, ce serait la ruine de mon royaume. On voit que votre mission est de sauver les âmes, pas les finances !

Rémi intervint :

– Que tu libères des esclaves ne m'étonnerait pourtant pas de toi. Un bon roi s'occupe de tous, même des plus faibles.

Et ils s'éloignèrent vers le palais en parlant de l'avenir. Rémi avait vu que, dans les campagnes, le blé était beau, et conseillait à Clovis de le stocker pour le redistribuer en cas de famine, car c'était cela aussi, le rôle du roi.

Les lueurs roses de l'amitié nimbaient leurs auras, et une révélation frappa Morgana.

14
Mauvaise surprise

Morgana courut à la maison pour arriver avant sa maîtresse et ranimer le feu. Elle se sentait pleine d'espoir. Après avoir eu la vision de Clotilde, elle avait rencontré Geneviève et Rémi ; ce n'était pas un hasard ! Les gens importants se connaissaient entre eux, et Clotilde était de haute naissance…

Pétrus lui avait promis d'en parler tout de suite à Windus. Leur mission n'était pas de tuer Clovis, elle en était sûre. Leur mission avait à voir avec la princesse burgonde !

Elle entra dans la maison… et en eut un choc : une aura ténébreuse l'attendait ! Un garçon pas très grand, mais large d'épaules et d'allure guerrière. Ses cheveux étaient noués sur le haut du crâne, graissés au beurre rance et teints en roux. Il avait changé, cependant elle n'eut aucun doute sur son identité.

— Toi, lâcha-t-il en lui attrapant le bras, tu es à moi.

Tentant de contenir la panique qui montait, Morgana dégagea son poignet d'un geste sec.

— Je suis esclave et j'appartiens à Ingonde.

— Tiens ! Elle se souvient qu'elle est esclave ! Pourtant ça ne l'empêche pas de fréquenter des hommes libres, hein ? Un Romain brun et un Germain blond… Tu vois de qui je parle ?

Morgana frissonna. Le Quatrième ne savait pas qu'il était lié à eux, toutefois, d'une certaine façon, il les *reconnaissait*. Il finit :

— Je te rachète.

— Mais… Ma maîtresse n'acceptera pas.

Ostrogotho la fixa de ses petits yeux durs et esquissa un sourire qui découvrit ses dents pointues.

— Elle acceptera, parce qu'elle aime l'argent et qu'elle ignore tes talents. Quand elle a été blessée par la lampe, j'étais à la porte, je t'ai vue poser le doigt sur son front… L'huile bénie ! Quelle blague ! (Il montra le bras qu'il s'était autrefois entaillé devant elle.) Et ça, tu vas le nier aussi ?

Devant son air effaré, il s'adoucit :

— Ne t'inquiète pas, je te traiterai bien. C'est mon intérêt. Et moi, au moins, je saurai mettre tes dons à profit.

Morgana le foudroya du regard.

– J'avouerai tout à Ingonde, et elle ne me vendra pas !

– Oh que si, elle te vendra ! Sinon, je l'accuse des pires horreurs. Je dis qu'elle utilise des breuvages pour rendre les femmes stériles ou qu'elle mange de la chair humaine…

Morgana se figea. Il en était capable, elle le savait. Elle réagit :

– Tu crois que je vais soigner tout le monde en faisant payer très cher mes services ? Tu te trompes, mes facultés s'épuiseraient vite.

Ostrogotho fit entendre un claquement de langue impatient :

– Tu n'y es pas du tout. Personne ne doit connaître tes dons. (Il réfléchit.) Je vais t'affranchir et t'épouser, c'est plus sûr.

Morgana le regarda avec effroi. Il ouvrit le sac qui pendait à son épaule et en sortit une coupe à boire en déclarant :

– Voici mon cadeau de promesse de mariage. C'est un objet unique. Je l'ai fait monter avec les omoplates de mes cousins. Tu vois, nous sommes en sécurité : j'ai supprimé tous ceux qui pourraient me faire de l'ombre.

Et il lui posa la coupe dans les mains.

Elle la lâcha comme sous l'effet d'une brûlure, et l'aura d'Ostrogotho lança des éclairs. Morgana comprit alors en quoi le Quatrième était différent d'eux : il n'émettait aucune lueur de violet, même fugace. Il n'avait pas d'âme !

Il lui appuya le tranchant de son scramasaxe sur le cou et arracha le lacet qui tenait ses cheveux.

— Et voilà le gage que tu me donnes en échange… Maintenant, je te conseille de filer doux. On n'est plus sous la loi romaine, et tout crime peut être racheté. Si je te coupe la tête, ça ne me coûtera que quelques sous. Et avec le butin que je me suis fait dans les guerres, je suis assez riche pour massacrer la ville entière.

— Tu es assez riche, déclara Morgana, mais tu ne peux pas me tuer.

Il leva son scramasaxe avec fureur… et ses mains se mirent à trembler. Morgana ne le quittait pas des yeux.

Un peu déconcerté, il fit semblant d'apercevoir quelque chose dans la rue et, sortant d'un air affairé, il lâcha :

— Tu ne perds rien pour attendre. Tu n'es qu'une esclave, je n'ai pas besoin de ton autorisation pour t'acheter.

Il claqua la porte derrière lui, et un vent brûlant balaya la maison.

Morgana en resta suffoquée. Ce vent…

Le Quatrième avait toujours eu des pouvoirs destructeurs. Il était le feu…

Mais eux pouvaient le combattre. Pétrus qui était la terre, Windus l'air, elle l'eau…

Et, par bonheur, le Quatrième ne se rappelait pas ses vies antérieures. Il mettait longtemps à comprendre qu'il avait des pouvoirs, car ceux-ci ne se révélaient que sous l'effet d'une violente colère.

Morgana s'assit. Elle aussi avait les mains qui tremblaient. Elle avait joué avec le feu – c'était le cas de le dire. Le Quatrième avait toujours eu du mal à les atteindre, mais Windus disait qu'il le pouvait et l'avait déjà fait.

Peu à peu, Morgana retrouva son calme, et certains mots qu'avait employés Ostrogotho lui revinrent à l'esprit…

15

La découverte

Qu'Ostrogotho lui ait parlé de mariage avait ouvert les yeux à Morgana.

— Si notre mission concerne bien Clovis, ce n'est pas pour le tuer. Non ! Il doit régner, le soutien que lui apportent Rémi et Geneviève le prouve. Ce qu'il lui faut, c'est quelqu'un qui canalisera ses mauvais penchants. Une épouse. Et cette épouse est Clotilde, j'en suis certaine !

Windus secoua la tête.

— Votre mission est peut-être de sauver Clovis, mais mon devoir est de le tuer.

— Nous ne « sauvons » pas Clovis, Windus ! Nous essayons d'en faire un bon roi ! Le pays a besoin d'un chef fort, et Clovis peut être ce chef. Quelle que soit la manière dont il a assuré son trône, s'il meurt maintenant, ce sera le chaos. Nous devons parler d'urgence à Rémi et Geneviève.

— Faites ce que vous voulez.

— Nous n'irons pas sans toi, protesta Pétrus.

— Et toi seul as tes entrées au palais, rappela Morgana.

Windus soupira :

— Bon, je vous accompagne. Mais ne comptez pas sur moi pour vous aider.

Avec lui, ils n'eurent aucun mal à passer la barrière des gardes. Obtenir une entrevue avec les invités du roi ne fut pas difficile non plus : Morgana était connue de Geneviève, et Pétrus de Rémi.

Les garçons, qui n'étaient pas entrés dans la salle de réception depuis le temps des rois romains, remarquèrent combien le décor avait changé. Tables basses et banquettes avaient disparu, remplacées par des coffres et des buffets. À se demander sur quoi on mangeait.

Morgana raconta aux deux religieux la vision qu'elle avait eue (en la baptisant « rêve », car l'Église n'aimait pas les « voyants »), et Geneviève s'étonna :

— Clotilde ? Je la connais.

Ne voulant pas risquer de contestation sur le sens de ce qu'elle avait vu, Morgana mentit un peu :

— Ensuite Clovis lui a pris la main, comme pour un mariage.

Il y eut un silence, puis Geneviève fit d'un ton songeur :

– Clotilde est à la fois belle et pleine de vertus… Ce serait tout à fait l'épouse qu'il faudrait à Clovis.

Le soulagement saisit Morgana. Geneviève n'était peut-être pas voyante, mais très clairvoyante. L'évêque réfléchit à voix haute :

– Clotilde est la nièce du roi des Burgondes…

– Et elle est catholique, Rémi ! s'anima Geneviève. Toi qui tentes depuis toujours de convertir Clovis ! Dieu a envoyé à cette enfant un rêve prémonitoire, Clotilde obtiendra par l'amour ce que tu n'as pas obtenu par la foi !

Ils se turent, car des serviteurs entraient, portant des planches et des tréteaux pour dresser des tables. L'évêque fit alors signe aux trois visiteurs :

– Je vous invite au repas.

Morgana se troubla :

– Je… suis esclave.

– Je vous invite, répéta simplement Rémi.

Windus gardait les yeux fixés au sol, impassible.

La salle commença à se remplir d'hommes et de femmes dans leurs plus beaux atours. Les esclaves passèrent avec des bassins d'eau chaude pour se laver les mains et des serviettes pour se les sécher. Puis le roi s'assit et tous l'imitèrent, les hauts personnages sur des pliants à dossier, les autres sur des bancs, dans l'ordre de leur importance.

Les Trois, bien sûr, étaient relégués en bout de table.

Une clochette imposa le silence. Rémi prit alors un pain de froment et le rompit de ses mains en prononçant :

– Remercions Dieu pour ce repas.

Et les chrétiens baissèrent la tête.

Puis les esclaves servirent un potage à la volaille et aux pois, et Clovis lâcha avec un clin d'œil :

– Gloire aux dieux pour ce repas !

Il ajouta dans son bol des épices précieuses et tendit le flacon à ses voisins.

– Allez-y. Mon médecin dit que c'est excellent pour la digestion.

On rit, et le brouhaha des conversations emplit la pièce.

Clovis n'avait pas encore remarqué les Trois, mais quelqu'un d'autre s'était aperçu de leur présence et ne les quittait pas des yeux.

16
Coup de théâtre

Ostrogotho était furieux contre les jeunes invités. Qu'avaient-ils manigancé pour être ici ? Surtout l'esclave ! Avait-on jamais vu une esclave assise avec des hommes libres ?

En plus, ça l'inquiétait. Il avait toujours eu l'impression que ces trois-là représentaient un danger pour lui.

Les serviteurs allaient et venaient, portant sur leur tête des plats d'argent où des poissons nageaient dans l'huile, des coupes de marbre remplies de légumes arrosés de miel, des planches de bois précieux supportant des montagnes de cailles et de faisans. Le vin coulait à flots pour faire glisser le tout et préparer l'arrivée du buffle bouilli, si bien qu'Ostrogotho finit par oublier les intrus.

Eux, en revanche, ne l'oubliaient pas. Mais comme son activité consistait à se bâfrer, à aller vomir par la fenêtre et à se remettre aussitôt à table, ils le jugèrent bientôt hors d'état de nuire et cessèrent de le surveiller. Le repas s'avançant, les Francs se mirent à brailler des chansons – encore qu'avec leurs voix avinées, on aurait plutôt dit des concerts de roues mal graissées, de trompes bouchées et de bramements de cerf. Quant aux paroles, elles étaient en germanique, et Windus ne jugea pas utile de les traduire.

– Quand je raconterai ça à mes parents, souffla Pétrus, ils seront scandalisés. Pour eux, un banquet est une fête raffinée où l'on récite des poèmes, on joue de la flûte et on fait des concours d'éloquence.

Les serviteurs profitaient sans doute en cachette des vins qu'ils apportaient, car ils n'étaient déjà plus très assurés sur leurs jambes, et l'un d'eux posa sur la table un gigot de cerf qu'il n'avait même pas découpé, le couteau planté dedans.

Les yeux de Windus se posèrent sur la lame. Elle était longue et effilée… Il saisit le manche.

C'est là que Clovis le remarqua. Surtout parce que les autres invités étaient affalés sur la table, à cuver leur vin. Morgana intervint vite :

– Oui, merci, je reprendrais bien un morceau de gigot.

Windus dut s'exécuter et couper une tranche, tandis que Clovis se penchait vers Rémi pour lui chuchoter quelque chose. L'évêque répondit à voix basse, Geneviève s'en mêla et une mystérieuse conversation s'engagea. Enfin le roi se redressa et appela :

– Vous trois ! Approchez !

Morgana prit le couteau des mains de Windus et le reposa sur la table. Puis elle se dirigea vers le roi, un peu raide, bien décidée à défendre son ami. Elle était esclave, elle n'avait rien à perdre. Que la vie.

Elle ne s'aperçut pas que, derrière elle, Windus récupérait l'arme.

Clovis prit appui de ses poings sur la table, comme pour se lever, avant de se laisser retomber sur son siège. Il avait bu un peu trop pour tenir la position debout. Il commença :

– Vous êtes les seuls… à ne pas avoir roulé sous la table. C'est signe… qu'en effet… on peut vous faire confiance.

Il avait du mal à trouver ses mots, et Geneviève s'en mêla :

– Le roi a pris la décision de demander en mariage la princesse Clotilde.

Elle parlait comme si l'idée venait de Clovis, ce qui prouvait sa grande sagesse. Le roi reprit :

– Pour ce genre de contrat, la loi… m'oblige à envoyer des… enfants comme témoins. Rémi me dit que vous ferez l'affaire. Donc vous partirez… avec mon secrétaire. (Il leva une main.) Qu'on aille chercher Aurélien !

Un des hommes qui montaient la garde derrière le trône sortit aussitôt.

Pendant son absence, on apporta, dans une poêle fumante, un clafoutis aux olives et aux dattes importées à grands frais qui détourna les attentions. Sauf celle de Windus. Une mission pour son pire ennemi ? Sûrement pas ! Il devait tuer Clovis tout de suite, après il serait trop tard. Il serra le manche de corne dans sa main.

Mais comment planter un couteau dans le cœur d'un homme ? Il ne survivrait pas à cet acte horrible, il le planterait ensuite dans son propre cœur.

Le garde revint enfin avec un Gaulois sans âge, maigre et mal rasé.

– Ah ! Aurélien ! lança Clovis. J'ai une mission pour toi.

Windus n'arrivait plus à respirer. Le couteau lui brûlait la paume. Le secrétaire s'avança, une expression attentive sur le visage. Le roi poursuivait :

– Une alliance entre Burgondes et Francs me paraît judicieuse, aussi j'ai décidé d'épouser Clotilde de Burgondie.

Le secrétaire ne fit pas la moindre observation, pourtant Clovis protesta :

– J'entends bien. Elle est orpheline et élevée par son oncle Godegisel, le frère du roi Gondebaud. Pourquoi crois-tu que je t'envoie, plutôt qu'une bande de solides guerriers ? Parce qu'il faudra du doigté, voire de la ruse. Gondebaud est retors, je suis sûr qu'il fera des histoires. Le mieux serait d'obtenir l'accord de Godegisel sans qu'il soit au courant. Tu me suis ?

Le secrétaire inclina la tête.

– Pars sur-le-champ. Que personne ne se doute de ta mission. Tu auras ces enfants avec toi.

Aurélien jeta un coup d'œil aux trois jeunes, hocha de nouveau la tête et lâcha simplement :

– Habillez-vous en mendiants. Rendez-vous à la nuit tombée hors des remparts, au vieux théâtre.

Windus se sentit pris de panique. Morgana le tira en arrière, et Pétrus lui souffla :

– Tu n'y peux rien, tu dois remettre tes projets à notre retour.

Morgana fut accueillie chez Ingonde, par un :

– Te voilà enfin, sale fainéante ! Où étais-tu ? Encore avec des garçons, je parie !

Les injures s'arrêtèrent là, car la guérisseuse aperçut Geneviève derrière elle. Celle-ci s'informa aimablement :

– Es-tu cette bonne Ingonde ? Je t'apporte une excellente nouvelle. Cette petite que ton âme généreuse a élevée et que tu aimes tant va vers une vie meilleure. Clovis te rachète sa liberté avec ceci. (Elle désigna une vache et son veau qui suivaient.) C'est un prix très généreux pour une esclave.

Ingonde demeurant pétrifiée, elle reprit :

– Je comprends ton émotion. Sa présence te manquera, mais chacun doit trouver le courage de laisser l'enfant qu'il a choyé prendre son envol.

Morgana s'approcha alors de la guérisseuse toujours muette et décrocha de sa robe la fibule en forme d'oiseau.

– Merci de me l'avoir gardée en sécurité, Ingonde.

Elle attrapa son manteau et ressortit avec Geneviève. Elles se regardèrent et se sourirent.

Enfin libre ! Ostrogotho ne pouvait plus rien contre elle !

En revanche, mieux valait n'être plus là quand il l'apprendrait.

Mais ils n'y seraient plus, ils auraient disparu bien avant que le Quatrième ait fini de cuver son vin…

17
La loi du plus fort

Ostrogotho mit un moment à réaliser qu'on était au matin. Il avait terriblement mal au crâne, et l'odeur persistante des chandelles à mèche de papyrus lui donnait envie de vomir. Les autres convives ronflaient encore, affalés sur les tables. Même les serviteurs dormaient – là où ils étaient tombés.

Il bâilla à pleine bouche, espérant que ça tempérerait les ardeurs du marteau qui lui battait les tempes. Puis il chercha des yeux sa future femme.

Elle n'était plus là.

Il se gratta le cuir chevelu pour se réveiller. Il lui fallait un remède à remettre sur pied un mort. Il se leva péniblement et, titubant, quitta le palais.

Il entra sans frapper dans la masure d'Ingonde.

– Envoie-moi ton esclave !

– Elle n'est pas là.

Ostrogotho n'était pas d'humeur à supporter la

contrariété. Il mit son poignard sous le menton de la guérisseuse :

— Je te la rachète.

— C'est… trop…

— Trop cher ? Je te laisse la vie, c'est déjà bien payé, non ?

La femme se mit à trembler :

— Non. C'est que… Clovis l'a déjà achetée.

Ostrogotho resta sidéré. Sa tête cognait atrocement. Bon, on n'allait pas s'énerver, sinon le mal ne ferait qu'empirer. Il entailla d'un coup sec la peau du cou de la guérisseuse en manière de menace.

— Donne-moi une potion de lendemain de fête.

Effrayée, Ingonde lui fit cadeau de plantes qu'il n'avait de toute façon pas l'intention de payer et, à son grand soulagement, il repartit.

Tandis qu'Ostrogotho marchait vers le palais, son visage se détendait. Puis une grimace ironique s'y dessina. Il avait un don pour manipuler les gens, il allait se faire offrir la fille par Clovis, voilà tout.

Il entra dans la salle du trône sans même s'annoncer et lança :

— Il paraît que tu as acheté une nouvelle esclave pour moi, Clovis !

— Pour toi ?

Ostrogotho plaisanta :

– Oui, je me doute bien que tu ne vas pas en faire ta concubine. C'est une fille trouvée…

Clovis secoua la tête avec amusement.

– Ah non, je ne vais pas en faire ma concubine. Ce serait d'un mauvais effet au moment de me marier.

Les mots mirent du temps à atteindre le cerveau d'Ostrogotho.

– … Te marier ?

– Chut ! Il ne faut pas que ça s'ébruite avant que l'affaire ne soit conclue. Je vais sacrifier à la mode de l'épouse officielle, qui a ses avantages. L'esclave dont tu me parles, je l'ai affranchie et l'ai envoyée comme témoin pour la signature du contrat.

Sans percevoir la rage qui montait en Ostrogotho, il finit d'un ton amusé :

– Tu étais intéressé par cette fille ? Tu la demanderas quand elle reviendra…

– Je me moque de cette fille ! s'emporta Ostrogotho.

Ou plutôt, ce n'était plus son principal souci.

Furibond, il ressortit et se hâta vers la chambre de sa mère. Il n'y avait qu'une loi : celle du plus fort. Et le plus fort, c'était lui ! Déjà, lorsqu'il était encore très jeune, il avait réussi à persuader Clovis d'éliminer tous les membres de sa famille. Ce n'était pas pour le voir aujourd'hui se marier et avoir des enfants légitimes !

Car celui qui monterait sur le pavois[1] s'appelait Ostrogotho !

Il n'était pas le fils de Clovis ? Qu'est-ce que ça pouvait faire ? L'empereur romain Néron était dans le même cas, et il avait succédé à son beau-père.

Ostrogotho ouvrit la porte de la chambre à la volée.

– Clovis veut se marier, il a envoyé une délégation chercher sa future femme !

Sa mère, qui brodait au fil d'or une tunique pour le roi, leva la tête.

– Bonjour, mon fils. Quel bon vent t'amène ?

– Tu m'as entendu ? Clovis veut se marier !

– Et alors ?

– Alors c'est toi qu'il doit épouser !

– Quelle idée ! Je ne suis qu'un otage.

– Tu es une princesse ostrogothe !

– Un mariage est une affaire d'intérêt, mon fils, et Clovis n'a rien à attendre de moi, puisque je ne possède plus rien.

Le garçon en resta sans voix.

– Tu ne te rends pas compte ! s'énerva-t-il enfin. S'il se marie, il te renverra !

– Tant mieux, je me retirerai dans un couvent.

1. Grand bouclier sur lequel on hissait le chef pour le confirmer roi.

Ostrogotho lui arracha son ouvrage des mains.

— Et moi ? Tu penses à moi ? Je dois devenir roi !

Sa mère le dévisagea, sidérée. Il grommela d'un air mauvais :

— Il faut que je rattrape d'urgence la délégation.

— Qui t'a mis ces idées folles en tête, mon fils ? Tu n'iras nulle part. Tout cela ne te regarde pas.

— Ah non ? grimaça Ostrogotho en jetant l'ouvrage dans le coffre ouvert.

Fâchée, sa mère se leva.

— Te mettre dans cet état ne sert à rien. J'ai autorité sur toi, et tu ne bougeras pas d'ici.

Elle se pencha pour récupérer la tunique… et Ostrogotho lui abattit sur la tête le couvercle aux lourdes ferrures de bronze. Elle s'affala, un bras dans le coffre, sans connaissance.

Ostrogotho choisit alors des armes parmi celles qui étaient accrochées au mur puis, sans un regard vers sa mère, sortit.

18
La délégation

Windus partait, et ça remettait sa vengeance à plus tard. Il s'en sentait à la fois malheureux et soulagé. Il jeta un coup d'œil à ses compagnons. Une vraie bande de miséreux ! Jambes nues, tunique de chanvre et grossières capes de laine qui grattaient la peau. Mais Aurélien avait raison, rien en eux ne devait attirer l'attention. Ils n'avaient qu'une vieille mule (que le secrétaire montait à la franque, une couverture en guise de selle) et des objets de première nécessité : gourde, peigne, cure-oreille, pince à épiler. Les mêmes qu'autrefois les soldats romains… Sauf le rasoir, qui leur était encore inutile. Ce qui avait un peu de valeur était dissimulé dans leurs vêtements.

Quant à leurs armes, elles étaient également modestes : ils s'étaient réparti une francisque, un vieux glaive, un poignard à manche d'os et une de ces lances franques qu'on appelait framées. Mais pour se protéger des dangers de la route, ils avaient aussi leurs talismans : Windus sa dent d'ours en pendentif, Morgana la croix des chrétiens, Pétrus avait cousu à l'intérieur de sa tunique des rondelles en corne de cerf représentant le soleil, et Aurélien tenait une baguette de coudrier à la main.

Aux environs de Châlons, Windus reconnut soudain le paysage et chuchota :

— C'est ici que nous avons chassé Attila, il y a quarante ans.

Morgana plissa le front :

— Oui, je me souviens… La flèche dans ta poitrine… (Elle s'inquiéta.) C'était la première fois que le Quatrième réussissait à nous atteindre, n'est-ce pas ?

— Oui, admit Windus. Nous progressons de vie en vie, chacun dans son sens.

– Alors, un jour, il pourrait vraiment nous tuer ?

Windus eut une mimique de doute. Il y avait tant de choses qu'il ignorait ! Par exemple pourquoi ils étaient revenus au bout de quarante ans alors que leurs autres vies avaient été espacées de plus de deux cents ans. Le temps n'importait-il pas ? Revenaient-ils juste sur Terre pour des événements capitaux ?

Il se demanda si Clovis était capital, et l'oppression le saisit. Pourvu que le fait d'avoir reporté sa faida ne nuise pas à une mission qu'il n'avait pas encore bien comprise !

Ils furent bientôt arrêtés par une rivière gonflée par les pluies de printemps, et qui leur barrait la route. Le mieux, dans ce genre de situation, étant de se fier à un animal, Aurélien lâcha la mule.

– Va ! Trouve-nous le meilleur passage.

La bête huma l'air des deux côtés, puis commença à remonter la rive.

Elle s'arrêta enfin… et les voyageurs découvrirent devant elle un gué submergé.

Ils ôtèrent leur cape, qu'ils montèrent sur leur tête pour ne pas la mouiller, et s'engagèrent avec prudence sur les pierres glissantes.

Les Trois arrivaient au bout du gué quand ils entendirent un hennissement. La mule patinait sur les pierres… Et elle tomba à l'eau, entraînant Aurélien !

La bête reprit pied, mais l'homme, emporté par le courant, disparut dans les tourbillons.

Ils le suivaient des yeux, affolés, quand ils le virent attraper une branche au passage et se hisser à la force des bras. Il glissa alors jusqu'à la rive, se redressa et, aussitôt, tâta la boucle de son ceinturon. Les Trois se consultèrent du regard. Qu'avait-il de si important dissimulé là ?

Les rejoignant enfin, le Gaulois souffla :

– J'ai cru ne jamais y arriver. (Il regarda la mule immobilisée près du bord.) Mais… elle est blessée !

La bête tenait effectivement une patte relevée. Morgana se précipita vers elle en demandant :

– Où ?

Et elle passa vivement la main sur le membre cassé. Sentant l'os se remettre en place, elle conclut :

– Non, elle n'a rien.

Aurélien s'approcha, intrigué, mais la mule se remit aussitôt en marche, et il dut admettre que Morgana avait raison.

Pétrus et Windus se sourirent sans faire de commentaire.

La forêt semblait interminable. Parfois, elle s'ouvrait, mais leurs espoirs étaient déçus, car il ne s'agissait que d'une villa : des prairies, des champs et des vergers entourant une maison protégée par des palissades. La forêt reprenait juste après.

Parfois, ils étaient tentés de s'y arrêter, de se faire connaître comme envoyés de Clovis et de s'asseoir à une table bien garnie, de dormir dans la plume…

Hélas, leur mission était secrète, et ils devaient se contenter de pain et de couches de paille dans les granges de campagne.

Ils dépassèrent Troyes, puis Langres et, enfin, entrèrent en Burgondie. À partir de là, ils devaient éviter même de demander leur chemin.

Aurélien commençait à comprendre le choix de Clovis. Ces trois enfants qui l'accompagnaient n'étaient pas un poids pour lui, bien au contraire. La fille, en particulier, était étonnante. Elle semblait connaître d'avance l'intention des personnes qu'ils croisaient et ne se trompait jamais. Elle leur avait fait éviter des voleurs déguisés en marchands et un groupe de faux pèlerins. Et lorsqu'ils avaient à demander leur chemin, c'est elle qui décidait à qui s'adresser.

Il la regarda se diriger vers des villageois qui grillaient de l'orge germé pour faire de la cervoise[1]. Mais à peine lui eut-on indiqué la route de

1. Genre de bière.

Besançon qu'il la vit se crisper. Il sortit aussitôt son poignard, l'œil aux aguets.

Il n'aperçut rien d'inquiétant. On entendait juste un chien au loin.

– Ce chien appartient-il à une ferme d'ici ? s'informa Morgana.

Les grilleurs d'orge répondirent que non, qu'ils ne connaissaient pas sa voix. Et la jeune fille décréta qu'il fallait repartir tout de suite.

19
La piste

– Cherche, sale chien ! Cherche !

Ostrogotho fit de nouveau sentir à l'animal le lacet arraché à Morgana. Ce chien, il l'avait chipé au palais. Bien sûr, il lui avait ôté la plaque « Chenil du roi des Francs ». Le vol d'un chien de chasse était très mal vu et même puni d'amende. D'autant que ce demi-loup était le favori de Clovis, son plus fin limier. En principe. Parce qu'il semblait avoir perdu la piste. Ici personne n'avait vu passer la délégation de Clovis !

Ostrogotho lui avait flanqué des raclées, sans plus de résultat.

Ah ! Il levait la truffe. Il flairait quelque chose… Pourvu que ce soit du solide, cette fois !

Ostrogotho vérifia les angons accrochés à son ceinturon de cuir. C'étaient ses armes préférées. L'angon avait cet avantage d'avoir une tête en forme de harpon et une queue en corde. Quand le harpon pénétrait dans la chair, l'ennemi se retrouvait comme tenu en laisse.

Suivant le chien, Ostrogotho passa près d'une bande de pouilleux qui versaient de l'orge grillé dans des tonneaux d'eau. Ils fabriquaient cette pisse d'âne que buvait la racaille paysanne trop pauvre pour acheter du vin. Il ne regarda même pas vers leur hameau de torchis[1]. Lui ne s'arrêtait qu'aux villas cossues qui conservaient le confort des temps romains.

Ah ! Il en voyait une ! Solide palissade, haute tour de guet. Parfait.

La maison était de style romain, en pierre, entourée d'un jardin : pelouses et fleurs, bassins et cascades... Niaiseries ! Mais vu la taille des greniers qui s'étiraient sous les toits de bronze doré, ça fleurait bon l'abondance. Il déclara au propriétaire :

— Je suis le fils de Clovis, roi des Francs. Donne-moi à manger et prépare-moi une chambre.

Ces rustauds de Burgondie ignoraient si le roi des Francs avait un fils, et Ostrogotho avait toujours eu un grand pouvoir de persuasion. Il lui suffisait de fixer les gens, et ils cédaient.

Il n'y avait que sa mère sur qui ça ne marchait pas. Et aussi cette maudite esclave gauloise ! Il enchaîna :

1. Mélange de terre et de paille.

– Je suis à la poursuite de bandits qui se font passer pour des envoyés de mon père. Les avez-vous vus ?

– Non, je n'ai vu personne.

C'était trop fort ! Pourtant, le chien semblait bien suivre une piste ! Il insista :

– Aucun voyageur ?

– Il passe du monde sur la route, mais beaucoup sont miséreux, et ils ne s'arrêtent pas ici.

– Ceux que je cherche ne sont pas des mis…

Ostrogotho s'interrompit net, frappé par une révélation. Et si les voyageurs se faisaient passer pour autre chose que ce qu'ils étaient ?

… Dans ce cas, ils ne fréquentaient aucune de ces belles maisons où il s'était arrêté. Voilà pourquoi personne ne les y avait vus !

Non, le chien ne s'était pas trompé de piste.

En tout cas, il avait bien fait de le prendre. Et il se moquait de l'amende, elle s'ajouterait aux autres. Celles pour le vol de la clochette d'un porc pour l'accrocher au cou du chien, de barques pour traverser les cours d'eau, de navets dans les champs et de miel dans une ruche – surtout que celle-là, il l'avait enfoncée dans l'eau pour noyer les abeilles avant de se servir. Mais quelle importance ? Il serait bientôt au-dessus des lois !

Il eut une grimace pour l'animal efflanqué qui

tendait le nez vers les effluves des cuisines et l'attacha à un arbre en ricanant :

– Tu t'imagines que tu vas manger, pauvre larve ? Le jeûne aiguise le flair et, demain, on en aura besoin.

Et il suivit le maître des lieux jusqu'à une petite maison…

Une maison de bains ! Vitrages aux fenêtres, somptueuses mosaïques, lambris ouvragés au plafond… La villa n'avait pas souffert des invasions barbares. Quand il arriverait au pouvoir, il la confisquerait.

Il refusa le bain chaud, un ramollissement pour mauviettes, et ordonna :

– Apporte-moi à manger et à boire ! Une montagne de poulets. J'adore le poulet. Et du bon vin !

Et il fut conduit le long d'une galerie à colonnes de marbre jusqu'à une salle à manger qui se finissait en tonnelle sur la pelouse.

Une brise balaya le jardin, et le chien leva la tête. L'odeur du lacet ! Il la sentait maintenant toute proche ! Et ce parfum était celui d'une délicieuse jeune fille qui avait posé la main sur ses yeux et lui avait éclairé le monde.

Le chien regarda vers son nouveau maître, installé sous la tonnelle. Il devait le prévenir qu'il avait détecté l'odeur, sinon il se ferait rouer de coups. Depuis le départ, il en avait déjà pris plein l'échine : quand il hésitait sur la direction, quand il n'allait pas assez vite, quand il s'arrêtait pour manger de l'herbe parce qu'il avait trop faim.

Il se mit à gémir pour signaler qu'il détenait une information.

20
Le chien

Pour toute réponse à ses avertissements, le chien reçut un caillou qui lui rouvrit une blessure. Il s'allongea, découragé. Cet humain ne comprenait rien de ce qu'on lui disait !

C'est là qu'il aperçut un bout de gras sous la table. La salive lui monta aux babines, il tira sur sa laisse…

Elle lâcha ! Il se précipita sur son butin et l'engloutit avant qu'on l'en empêche.

Il se prit dans les côtes un coup de pied terrible qui le propulsa en avant. Puis, immédiatement, il entendit :

– Reviens, sale cabot !

Alors ça, pas question ! Il filait et c'était tout. Le fouet claqua derrière lui, mais le chien était trop loin pour que la lanière l'atteigne. Il aimait encore mieux vivre seul dans les bois qu'avec un tel énergumène. Il détestait son odeur. Terminé. L'autre pouvait brailler à s'en éclater les cordes vocales, il ne reviendrait pas. D'ailleurs, il sentait la jeune fille. Il allait la rejoindre. Son parfum à elle était celui de la bienveillance et, ça, il adorait.

Ostrogotho ragea. S'il n'avait pas tant bu, il aurait couru derrière le chien. Mais, il était trop tard, il ne pourrait plus le rattraper. Il foudroya du regard la forêt où l'animal avait disparu.

Ses yeux s'agrandirent de stupeur. Des flammes jaillissaient du fourré qu'il fixait ! Et le feu s'élevait, grandissait… Il galopait à une vitesse folle, embrasant les arbres un à un. Quel merveilleux hasard ! Une sorte de jubilation l'emplit. Les flammes se propageant vers la palissade, le propriétaire sortit, affolé. Ostrogotho railla :

— Vous auriez dû sceller dans vos murs des phalanges de saint Serge, c'est souverain contre l'incendie.

Le feu atteignait la maison ! On organisa vite une chaîne de seaux depuis la fontaine, mais la vitesse de propagation des flammes était effrayante. De lourdes volutes de fumée commençaient à s'élever vers le ciel.

Ostrogotho avait autre chose à faire que de transporter des seaux. Personne ne prêtait attention à lui… Il sortit un cheval de l'écurie. Puisqu'il n'avait plus de chien à tenir en laisse, autant s'offrir une monture. Il rattraperait les envoyés de Clovis, il en faisait le serment !

Morgana montait dans le grenier sur pilotis où ils devaient passer la nuit, quand elle vit une fumée au loin, qui l'inquiéta. Tout de suite après, elle entendit une clochette, et un chien déboucha du bois. Elle le reconnut immédiatement, et regarda vite derrière lui… Personne ne le suivait.

Il lui sauta dessus et ça l'amusa.

– Bonjour, toi. Qu'est-ce que tu fais là ? Et… dans quel état tu es, mon pauvre Romulfus !

Elle le caressa rapidement sur tout le corps pour fermer ses blessures.

– Il s'appelle Romulfus ? s'étonna Windus. Je suppose que c'est une contraction de « Romulus », le roi de Rome élevé par une louve, et de « Wulfus » qui signifie loup en germanique. Donc ce chien appartient à un Franc qui apprécie la culture romaine. Un homme d'union.

– C'est le chien de Clovis…, l'informa Morgana, pas mécontente de le bousculer dans ses certitudes au sujet du roi.

Elle ôta la clochette qui agressaient les oreilles du chien et lui tendit du pain.

– Tu as l'air affamé !

– Pourtant, remarqua Windus, il n'était pas seul, il a une laisse…

Aurélien s'étonna :

– Quel genre de maître affamerait un chien qu'il prend la peine d'emmener avec lui ?

Les Trois se regardèrent. Puis Morgana lâcha :

– Ne dormons pas ici. Marchons jusqu'à ce que la nuit tombe.

21
La princesse

Le passage de la montagne avait été long et difficile, et ce fut un soulagement d'apercevoir Genève. Le regard était d'abord attiré par le lac étincelant, puis on découvrait les remparts couronnant la colline et la haute tour de guet de la cathédrale qui en jaillissait.

– Enfin arrivés, soupira Pétrus. J'ai les pieds en marmelade !

– Pas de précipitation, prévint Aurélien. Pour éviter de se faire remarquer, mieux vaut ne pas entrer seuls en ville.

Et il les entraîna dans le vieux cimetière de bord de route datant des temps romains. Seul le chien resta devant la haie, surveillant les passants, marchands et pèlerins.

Enfin ils virent arriver un char à bœufs transportant des malades, et Aurélien donna le signal pour qu'ils s'engagent derrière lui et fassent comme s'ils allaient, eux aussi, rendre visite aux reliques.

Morgana lui chuchota alors :

– Il faudrait trouver Clotilde sans avoir à se renseigner. Que savez-vous d'elle ?

– Juste qu'elle est jolie et très pieuse.

– Très pieuse ? réagit Windus. Donc elle assiste à la messe.

Et il leva le doigt pour qu'ils prêtent attention aux sonneries de trompes qui en annonçaient une.

Au milieu des modestes toits de chaume trônait une cathédrale imposante : deux églises parallèles séparées par une cour entourée de portiques à la mode romaine. Aurélien décida qu'il attendrait dans cet atrium la fin de la messe, et les Trois montèrent sur le rempart en face.

Vu de là-haut, le lac apparaissait dans toute sa splendeur, avec le pont à l'embouchure du Rhône, le monastère Saint-Victor, le port…

– Vous avez vu ? souffla Windus. Il y a un quartier près du port. Les villes osent s'étendre hors de leurs murs. Nous avons vaincu Attila, et les invasions se sont arrêtées ! Nous réussissons de mieux en mieux nos missions.

Pétrus s'inquiéta :

– Tu crois que celle-ci sera juste de servir de témoins au mariage ?

– Ça m'étonnerait, sinon n'importe quel jeune aurait fait l'affaire. (Il sentit l'abattement le reprendre.) Je suis en train d'aider à marier Clovis, alors que je dois le tuer !

Morgana lui entoura les épaules de son bras.

– La faida doit s'interrompre un jour, Windus ! Il ne t'est jamais venu à l'esprit que tu es le mieux placé pour arrêter cette roue infernale ?

Windus secoua la tête.

– Je ne peux pas, j'y suis trop impliqué.

– Justement ! Tu y es IMPLIQUÉ.

Windus la regarda avec surprise. Morgana venait d'exprimer les choses comme il aurait dû le faire depuis longtemps…

Elle reprit :

– Pourquoi crois-tu que le destin nous ait chassés de Soissons au moment où tu voulais accomplir ce que tu croyais ton devoir ? Notre mission a toujours été de paix, tu t'en souviens, quand même !

Il sourit, puis il déposa un rapide baiser sur sa joue. Il se sentait mieux, beaucoup mieux.

– Dépêchons-nous, s'exclama-t-il d'un ton raffermi, les croix et les bannières sortent de l'église !

Ils descendirent en courant. Maintenant, il fallait repérer la jeune fille la plus riche de la ville.

– La robe rouge ! chuchota Pétrus.

Morgana secoua négativement la tête.

– Celle au voile maintenu par un bandeau de fils d'or, proposa Windus.

Non. Les auras ne correspondaient pas à l'impression que Morgana gardait de sa vision de Clotilde.

– Attendez, souffla-t-elle soudain.

Dans la foule, elle distinguait deux auras teintées de violet, deux jeunes filles très jolies et qui se ressemblaient. L'une portait une robe bleu foncé et un manteau gris fermé par deux fibules rondes, l'autre une robe religieuse. Elle demanda à Windus :

– Est-ce que Clotilde a une sœur ?

– Oui, Chrona, une nonne, celle qui a fondé le monastère Saint-Victor.

À cet instant, la jeune fille en bleu quitta la procession pour s'approcher d'un aveugle qu'on guidait à l'aide un bâton. Elle le salua et lui posa une pièce dans la main.

– C'est elle ! chuchota Morgana. Elle porte l'anneau sigillaire !

Aurélien prit aussitôt une posture misérable et tendit sa paume. La jeune fille lui glissa une pièce en observant :

– Je ne te connais pas. Tu sembles avoir fait un long chemin.

– On m'a tant parlé de Genève, répondit Aurélien. (Il baissa le ton.) Le roi des Francs m'envoie vers vous.

Et il sortit de sa ceinture ce qu'il y cachait : une bague ornée d'une tête à cheveux longs et entourée du nom CLOVIS. Le sceau du roi !

Clotilde considéra le Gaulois avec une surprise inquiète. Puis elle regarda les trois jeunes qui l'entouraient et, finalement, murmura :

– Allons au baptistère.

Elle désignait des yeux le petit bâtiment au fond de l'atrium.

22
La décision

Le baptistère était une petite pièce à colonnade, très sombre. Le silence n'y était troublé que par le chuchotement de l'eau jaillissant au centre du bassin des baptêmes.

Le chandelier éclaira un instant les mosaïques des murs, puis Clotilde le posa sur le sol et fit signe à ses visiteurs de s'asseoir autour. Elle avait repris de l'assurance.

– Alors ? Que me veut Clovis ?

Aurélien répondit sans détour :

– Faire de vous sa femme.

Et, devant son air stupéfait, il se lança dans un discours soulignant l'intérêt de ce mariage à la fois pour les Francs et les Burgondes. Cela amènerait la paix entre les deux peuples et renforcerait la collaboration nécessaire à la défense des frontières. Windus ajouta :

– Rémi de Reims et Geneviève de Paris y sont très favorables.

L'aura de Clotilde se teinta du rose de l'incertitude et de l'émotion, et Morgana jugea bon de préciser :

– Clovis est beau, intelligent, toutes les femmes sont amoureuses de lui.

Clotilde rit pour cacher son rougissement et remarqua d'un ton faussement grondeur :

– Allons, un mariage n'est qu'un arrangement politique, les sentiments n'y ont aucune part.

Morgana répondit par un sourire. Clotilde disait ce qu'elle voulait, son aura s'accordait parfaitement avec celle de Clovis.

Caressant d'un air absent la tête du chien, la princesse s'informa alors :

– Et sa religion ? Est-il chrétien ?

– Ses dieux sont les miens, répondit Windus. Wotan et Frea, et Thor, le maître de la guerre, et Thunar qui gouverne le tonnerre…

– Ces dieux ont été inventés par les hommes, fit observer Clotilde. Il n'y a qu'un seul dieu, celui des chrétiens.

– Et ce dieu-là n'aurait pas été inventé par les hommes ? plaisanta Windus.

– Dieu a envoyé sur Terre Son fils Jésus pour nous révéler Son existence…

Windus eut une grimace dubitative. Pétrus, lui,

n'écoutait pas. Il pencha une des chandelles pour la faire couler sur le marbre puis, du bout de l'ongle, traça des traits dans la cire. Morgana disait :

— Rémi et Geneviève ont besoin de vous pour amener Clovis à Dieu. Et Clovis a besoin de vous pour bien gouverner.

Pétrus moucha la chandelle et se servit du noir de la mèche pour fignoler son dessin.

Clotilde comprit alors ce qu'il faisait : un portrait. Et ce portrait représentait Clovis ! Sans plus hésiter, elle ôta le sceau de son pouce et le tendit à Aurélien :

— Remets à ton maître cet anneau en échange du sien. (Elle eut un soupir.) Seulement... ce mariage devra avoir l'accord de mon oncle.

— De Godegisel ? demanda Aurélien. Ça ne devrait pas poser de problème.

Hélas, Clotilde répondit :

— Non, de son frère Gondebaud, roi de Lyon. C'est lui le chef de famille.

Les voyageurs se regardèrent. Exactement ce qu'ils redoutaient !

Clotilde repartie, Aurélien frotta son menton râpeux d'un air préoccupé.

— Gondebaud s'opposera à ce mariage. Pas seulement parce qu'il est retors comme le dit Clovis, mais parce qu'il est plus puissant que le roi des

Francs et peut espérer un meilleur parti pour sa nièce.

Windus remarqua :

– Il lui serait difficile de refuser cette alliance sans risquer une guerre ! Burgondes et Francs ont une frontière commune.

– Certes… Mais dès qu'il entendra parler de notre démarche, Gondebaud trouvera un prétexte et, à notre arrivée, il prétendra avoir déjà promis Clotilde à un Wisigoth ou un Ostrogoth.

– Alors, il faut le prendre par surprise ! s'exclama Windus.

Aurélien secoua la tête avec découragement :

– Le temps de rentrer à Soissons et d'avertir Clovis qu'il peut envoyer un ambassadeur…

– Ne rentrons pas à Soissons ! Menons nous-mêmes cette mission jusqu'au bout et partons pour Lyon !

Aurélien s'inquiéta :

– Je n'ai pas le titre d'ambassadeur !

– Ça, intervint Pétrus, personne ne le sait, hein ! (Il sortit une bourse de sa chemise.) J'ai assez d'argent pour nous habiller comme des riches et acheter un cheval digne de ce nom. Rase-toi et tu feras un ambassadeur très convenable.

– Cet argent t'appartient, protesta le Gaulois.

– Ah… oui… Mais juste par les hasards de la naissance.

Les deux autres sourirent. Non, Aurélien ne connaissait pas Pétrus ! Et puis, nul n'était mieux placé qu'eux pour connaître les aléas du destin. Morgana était esclave dans cette vie, Windus l'avait été dans une autre, il ne fallait pas s'attacher aux apparences.

– Le roi burgonde ne se méfiera pas, reprit Windus, il ignore la loi des Francs.

Aurélien ne comprit pas ce qu'il voulait dire, cependant il n'osa pas l'avouer. Non, ces enfants n'étaient pas ordinaires. Et il avait bien envie de leur faire confiance.

– Allons nous acheter des vêtements dignes de l'ambassadeur du roi des Francs, décréta-t-il finalement.

Et ils rirent.

23
Le tout pour le tout

Ils n'avaient pas le temps de se faire tailler des vêtements neufs, ils en choisirent donc chez un fripier de luxe. Puis ils mirent au point leur plan, et Morgana fila avec Romulfus. Jamais elle n'avait eu une aussi belle robe – en velours et soie ! Et, ainsi vêtue, elle n'eut aucun mal à se faire admettre au palais en prétendant qu'elle amenait à Clotilde un chien qu'elle allait peut-être acheter.

Quand le garde qui l'accompagnait annonça à la princesse le chien qu'elle avait souhaité voir, celle-ci eut un instant de surprise. Puis, apercevant la tête de Romulfus qui passait par la porte, elle se reprit :

– Ah oui, le chien…

Et elle le fit entrer avec Morgana. Refermant vite derrière eux, elle s'inquiéta :

– Que se passe-t-il ? Je vous croyais partis pour Soissons !

– Finalement, nous allons à Lyon. Je suis venue vous prévenir parce que, si nous arrachons l'accord de Gondebaud, vous n'aurez pas un instant à perdre. Il pourrait très bien changer ensuite d'avis.

Clotilde acquiesça :

– Je vais faire préparer mes coffres. Mon oncle Godegisel me laissera partir, il déteste son frère et sera ravi de cette alliance avec les Francs. (Elle sembla soudain hésitante.) Tu ne m'as pas parlé des défauts de Clovis…

Morgana sourit.

– Il a de très bons côtés que vous saurez mettre en valeur. Vous l'aimerez et il vous aimera, je vous le jure solennellement.

Clotilde la contempla, puis sourit à son tour. Elle n'aurait su dire pourquoi, mais elle lui faisait confiance. Morgana reprit :

– Si Gondebaud donne son accord, nous vous ferons prévenir. Quel signe de reconnaissance pourrais-je donner au messager ?

Clotilde sortit d'un coffret un peigne de bois au centre renforcé d'ivoire, en cassa une dent, puis enroula autour un de ses cheveux blonds et la tendit à Morgana :

– Fais-moi parvenir ceci, je comprendrai.

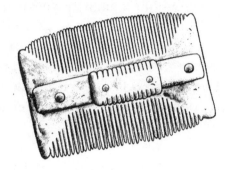

Ostrogotho se dissimula dans l'angle de la rue. L'esclave descendait l'escalier du palais, richement vêtue. Et elle était seule !

Heureusement qu'il était arrivé à Genève à temps pour les voir entrer dans le baptistère et épier leur conversation… Foi d'Ostrogotho, ce mariage ne se ferait pas !

Il se colla au mur. Cette saleté de chien était avec la fille ! Et il connaissait son odeur !

Il détacha vite sa gourde de sa ceinture et s'aspergea de son contenu. C'était un crève-cœur que de gâcher un aussi bon vin et d'aussi beaux vêtements mais, quand il serait roi des Francs, il en aurait autant qu'il voudrait.

Il se glissa dans la foule. Maintenant qu'il avait retrouvé Morgana, pas question de la perdre. Il l'enlèverait et lui ferait avouer sous la torture ce qu'elle et les autres manigançaient.

Seulement il fallait d'abord se débarrasser du chien. Il sortit son poignard.

Une aura rouge et noir, une odeur de vin, une lame qui lançait son éclair vers Romulfus ! Morgana se jeta devant le chien et reçut à l'épaule le coup destiné à l'animal.

Elle en fut sidérée. La lame avait entamé la chair ! Pour la première fois, le Quatrième avait réussi à l'atteindre ! Sans le vouloir.

Le chien planta ses crocs dans la jambe de l'agresseur et ne lâcha qu'au moment où Pétrus et Windus arrivaient. Ils l'immobilisèrent et Windus cria :

— Gardes ! Gardes ! Il a voulu voler notre chien de chasse !

Ce fut très efficace. Les sentinelles se précipitèrent et emmenèrent l'accusé malgré ses hurlements.

Morgana ôta la main qu'elle avait posée sur sa blessure… dont il ne restait aucune trace. Revenant de sa surprise, elle souffla :

— Que fait-il là ? Pourquoi nous suit-il ?

— C'est vrai, ça, renchérit Pétrus. Si c'est toi qu'il veut, il pouvait attendre ton retour à Soissons ! (Il se tourna vers Windus.) Tu aurais dû parler de tentative de meurtre, on en aurait été débarrassés pour plus longtemps.

– Oh que non ! répondit Windus. Il s'en serait tiré avec une amende, et il a les moyens de la payer. Tandis que là….

– Là quoi ?

– C'est la loi des Burgondes qui s'applique ici, pas celle des Francs. Et pour une tentative de vol, Ostrogotho sera condamné à embrasser en public le derrière du chien.

Ils éclatèrent de rire.

– Hélas, reprit Windus en retrouvant son sérieux, pas question de traîner ici pour assister au spectacle, parce qu'il sera libéré tout de suite après, et il vaut mieux qu'on soit loin à ce moment.

– On va devoir laisser Romulfus ici, regretta Morgana. (Elle réfléchit.) Je vais le confier à Clotilde. Bien manger et se reposer ne lui fera pas de mal.

Une heure après, ils étaient sur la route et, le lendemain matin, quand Ostrogotho fut libéré, ils étaient loin. Heureusement pour eux parce que le Quatrième ne décolérait pas. Il ne cessait de s'essuyer la bouche dans sa manche, mais ça n'essuyait pas la fureur qui était en lui. Embrasser le derrière d'un chien ! Ils le lui paieraient ! Tous ! Quand il aurait le pouvoir, il mettrait le pays burgonde à feu et à sang !

En attendant, il y avait urgence… Ostrogotho sauta en selle et éperonna son cheval.

24

Des émotions

Les voyageurs étaient arrêtés au bord du grand fleuve qui roulait avec furie ses eaux boueuses. Il n'y avait pas de pont et aucun espoir de gué. Pourtant, traverser ici leur aurait fait gagner beaucoup de temps.

Windus avait vu dans ses différentes vies bien des façons de franchir un fleuve, aussi il regarda autour de lui et avisa les petits saules qui poussait sur les berges.

– Coupons cet osier !

Ils se mirent aussitôt au travail.

Pétrus rassemblait les tiges, les liait et les arquait. Il travaillait vite et sans hésitation, même s'il n'avait jamais fabriqué ce genre d'objet.

Quand il eut fini, il sacrifia les hautes sacoches de voyage que portait le cheval et cousit leur cuir sur les formes d'osier.

Aurélien suivait l'opération, un peu éberlué.

Les lanières de fermeture firent les poignées intérieures. C'étaient des boucliers ! Pétrus en avait fait quatre. Il commenta :

– Objets à multiples usages…

À cet instant, Morgana eut le regard attiré par une ombre noire traversée d'éclairs rouges près de l'arbre où était attaché le cheval. Elle se mit à courir.

Trop tard !

– L'anneau ! On nous l'a volé ! L'anneau sigillaire de Clotilde !

Ils n'avaient plus aucune preuve de l'accord de la princesse !

À cet instant, un loup déboucha de la forêt, et Aurélien se précipita, le poignard à la main.

– Arrête ! cria Morgana. C'est Romulfus. Il tient quelque chose dans la gueule. Un tissu déchiré… qui empeste le vin !… La tunique d'Ostrogotho !

– Il était là ! C'est lui qui a volé l'anneau !

– Alors, ce qu'il veut, comprit Windus, c'est empêcher le mariage de Clovis.

Morgana posa la main sur la blessure qui entaillait la tête du chien et, sous les yeux incrédules d'Aurélien, celle-ci se referma aussitôt. Pétrus demandait à Windus :

– Cette bague, tu saurais me la décrire ?

Bien sûr. Windus gardait la mémoire de tout. Il dessina un rond sur le sol en commentant :

– Elle est de cette taille. Autour, il y a des encoches décoratives. Au centre, ces signes entre-lacés et, en demi-cercle le nom CLOTILDE.

Morgana détacha alors la fibule de sa cape et la tendit à Pétrus.

Aurélien suivait leurs gestes avec stupéfaction. Sans plus s'occuper du modèle qu'il avait dessiné, Windus creusa un grand trou dans le sol, tandis que Morgana rassemblait du bois et que Pétrus modelait de l'argile en forme de creuset.

Puis Windus ôta de son poignet le bracelet de fer qui lui servait de briquet, en frappa un silex et alluma du feu dans le trou.

Pétrus s'arma de sa pince à épiler et descella de la fibule les lames de grenat et de nacre. La plaque d'or qui restait, il la mit dans le creuset, sur le feu.

Pendant que le métal fondait, il creusa le cercle dessiné par Windus sur le sol et, avec son cure-oreille, grava au fond les motifs de la bague. Enfin il demanda :

– Tu peux me prêter ton éperon, Aurélien ?

Tiré de sa stupeur, le Gaulois décrocha le fer en demi-cercle de son pied gauche. Pétrus s'en servit pour soulever le creuset brûlant et verser l'or liquide dans le moule.

Une fois la pièce refroidie, il la démoula et en lustra les bords avec un caillou avant de déclarer :

– Voilà le sceau de Clotilde, messire l'*ambassadeur*.

Aurélien prit l'objet avec l'impression de rêver, et une grande paix l'envahit. Il ne doutait plus de la réussite de sa mission. Cela paraissait bizarre à dire mais, avec ces trois enfants, il se sentait en absolue sécurité. Maintenant, c'étaient eux qui menaient l'ambassade, et il trouvait les choses très bien ainsi.

Chacun posa son bouclier d'osier sur l'eau et s'élança sur le fleuve en pagayant avec les mains. Le cheval et le chien suivirent à la nage.

25

Une entrevue réjouissante

Des barques chargées de tonneaux se croisaient au confluent des deux grands fleuves et, sur la colline, l'ancienne ville qu'ils avaient connue si belle[1] n'était plus que ruines. Depuis que Lugdunum s'appelait Lyon, elle s'était repliée au bord de la Saône. Les églises remplaçaient les temples, les maisons étaient de torchis au lieu de pierre, mais on voyait encore là-haut l'amphithéâtre des Trois Gaules où ils s'étaient donné rendez-vous trois cents ans auparavant.

Ils cessèrent leurs chuchotements quand Aurélien arrêta son cheval devant la demeure royale. Le palais était de style romain et, curieusement, le costume de ceux qui y vivaient, aussi.

On les introduisit dans une vaste pièce au somptueux décor de marbre et mosaïques, aux tentures

1. Voir *Le maître de Lugdunum*.

brodées et aux tapis de luxe. Le maître de cérémonie annonça d'une voix puissante :

– L'ambassadeur du roi des Francs et ses enfants !

Ils n'eurent même pas envie de rire.

Le roi des Burgondes trônait sur une estrade, dans un fauteuil doré débordant de coussins de pourpre, sans doute pour impressionner les visiteurs. Cela faisait d'autant plus d'effet que Gondebaud était déjà d'une stature imposante. Les Burgondes avaient la réputation de géants de six pieds de haut, bruyants et sentant l'ail… Pour l'ail, cela restait à vérifier (le roi sentant plutôt le beurre rance qui faisait briller ses cheveux) mais, pour le reste, ça correspondait.

Derrière lui, le vieil homme assis sur un tabouret était sans doute Héraclius, son conseiller.

Les Trois demeurèrent en retrait pour qu'on ne leur prête pas attention, et le Gaulois s'inclina. Il savait que Gondebaud se faisait une gloire de parler latin, aussi c'est dans cette langue qu'il s'adressa à lui :

– Grand roi des Burgondes, je t'apporte le salut de Clovis, grand roi des Francs.

Sur une inclination de tête du roi, il poursuivit :

– Pour unir nos deux peuples et assurer la paix, le roi Clovis te demande en mariage ta nièce Clotilde.

L'aura de Gondebaud s'assombrit, et sa voix puissante emplit la pièce :

– Ma nièce ?

Son aura lançait des éclairs mauvais. Morgana se rappela qu'on le soupçonnait d'avoir tué son second frère, le père de Clotilde, pour s'emparer de Lyon, et ça lui parut plausible.

Sans perdre sa sérénité, Aurélien éleva entre ses doigts l'anneau sigillaire de Clotilde :

– Pour marquer son accord, votre nièce m'a confié son sceau.

– SON accord ? clama Gondebaud. Une femelle aurait-elle son mot à dire ?

Clotilde l'avait bel et bien, puisqu'elle pouvait refuser ce mariage, mais le fait qu'elle ait donné son accord par avance ôtait à Gondebaud la possibilité de gagner du temps en prétendant la consulter. Son aura, d'un mauvais rouge brun, vacilla. Sentant poindre un refus, Morgana avança d'un pas :

– Je me permets d'évoquer ma conversation à ce sujet avec votre nièce, sire. Elle reconnaît que ce mariage est fort intéressant pour vous, mais elle a très peur de Clovis.

Elle avait touché juste. Le roi éclata d'un gros rire.

– Peur ? Qu'est-ce que ça fait ? Elle se pliera aux exigences de son roi !

– C'est que Clovis est une brute, insista Morgana, un païen sauvage et primitif.

– Eh bien, voilà qui lui dressera les côtes !

Aurélien en profita :

– Nous sommes donc d'accord…

Gondebaud parut un peu désarçonné. Quand le Gaulois lui tendit un sou, il eut le geste instinctif de le prendre. Aurélien donna alors vite une claque à chaque enfant, lui pinça l'oreille et déclara :

– L'accord est conclu et certifié devant témoin.

– L'accord ? s'ébahit le conseiller. Des témoins ?

– Votre roi a accepté la pièce qui entérine l'accord, et les témoins sont ces trois enfants. Ils ont reçu la tape sur la joue et le pincement d'oreille qui les obligent à se rappeler le pacte. (Il sourit.) Précaution inutile, bien évidemment, car le roi des Burgondes n'a qu'une parole.

Le visage de Gondebaud se figea, son aura lança des éclairs. Windus s'exclama alors :

– Repartons vite pour Soissons informer Clovis, père ! Le roi Gondebaud préviendra sa nièce de son prochain mariage. Il saura lui parler afin que cette décision soit moins difficile à accepter pour elle.

Aurélien hocha la tête, et ils ressortirent en luttant pour ne pas exploser de rire.

– Ne vous réjouissez pas trop vite, rappela Aurélien une fois qu'ils furent dehors. Gondebaud ne va pas se laisser faire, il retiendra Clotilde.

— C'est pourquoi j'ai précisé qu'on le laissait prévenir sa nièce, précisa Windus. Sachant que nous ne retournons pas à Genève, il pensera qu'il a du temps devant lui.

— Ce qu'il ne sait pas, ajouta Morgana, c'est que tout est déjà arrangé avec la princesse. Il nous suffit de lui faire parvenir ceci.

Elle montra le petit morceau de bois qu'elle portait en pendentif, la dent de peigne entourée d'un cheveu de Clotilde.

Aurélien s'inquiéta :

— Il faudra trouver un messager sûr.

Pétrus rit :

— Ne te tracasse pas. Pour ça aussi, on a déjà notre idée.

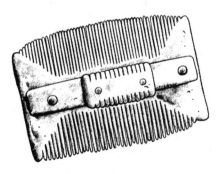

26
Le messager

De l'auberge où il était réfugié, Ostrogotho surveillait le palais de Genève. Les envoyés de Clovis n'avaient pas reparu, effondrés sans doute d'avoir perdu le sceau de Clotilde. Il tâta la bague sous sa chemise. L'accord de Gondebaud, Aurélien ne risquait pas de l'obtenir !

Ce qui l'inquiétait toutefois, c'est d'avoir vu revenir cette saleté de chien. L'animal était entré au palais et, depuis, il n'avait pas reparu. Il avait de la chance, parce qu'il ne survivrait pas à leur prochaine rencontre. Sa peau finirait sur ses mains en une élégante paire de gants !

Ostrogotho se redressa. Il y avait de l'agitation dans la cour du palais. On montait des coffres sur des chariots. Des coffres… de mariage !

Ce crétin de Gondebaud aurait-il accepté ?

Un moment, il resta stupéfait, puis il jaillit de

l'auberge, sauta en selle et enfonça violemment son éperon dans le flanc de son cheval. Clovis n'épouserait pas Clotilde ! Clovis épouserait sa mère et le reconnaîtrait comme son fils adoptif, ou il ne s'appelait plus Ostrogotho !

*

Pétrus tendit l'oreille. Il entendait des roulements au loin. Du haut de son arbre, Windus confirma :

— Des dizaines de chariots !

— Le trousseau d'une princesse…, commenta Aurélien.

— Le convoi est escorté par une armée de serviteurs et de gardes ! Notre plan a marché !

Morgana observa :

— Vous voyez, Aurélien, qu'on pouvait compter sur Romulfus. C'est le meilleur des limiers ! Avec une dent de peigne et un cheveu, il a su retrouver Clotilde… Et regardez ! Il nous a aussi sentis de loin !

Romulfus débouchait en effet du virage, et il se jeta sur elle toute langue dehors pour lui lécher les joues.

Un cheval blanc apparut alors et prit aussi le galop. Clotilde ! Elle ralentit en arrivant et s'exclama :

— Quand j'ai vu Romulfus filer, je me suis doutée qu'il vous avait sentis ! Quel bonheur de vous retrouver !

— Tout s'est donc bien passé ? s'informa Aurélien.

— Très bien. En voyant Romulfus revenir, je n'ai pas compris tout de suite. Je l'ai caressé…

— Je savais que vous le caresseriez, s'amusa Morgana. Et que vous trouveriez la dent du peigne à son collier.

Clotilde sourit.

— J'ai aussitôt fait charger les coffres sur les chariots, et me voilà.

— Tout n'est pas fini, tempéra Aurélien. Nous sommes encore en Burgondie. Il faut accélérer !

Hélas, des bœufs sont toujours d'une terrible lenteur, impossible de leur faire presser le pas.

Pétrus grommela :

— Quelle barbe qu'une mariée doive circuler avec autant de fourbis ! Si Gondebaud revenait sur sa décision…

— C'est juste ! souffla Windus. Il faudrait se préparer à arrêter d'éventuels poursuivants.

Aurélien fit la grimace :

— À nous quatre ?

— Quand on n'a pas les muscles, on se sert de sa tête.

Et Windus chercha dans sa mémoire une tactique de guerre qui pourrait correspondre à la situation. Les Celtes coupaient des arbres de façon à ce qu'ils restent debout et les faisaient tomber au passage des patrouilles romaines…

Seulement, avec une francisque pour trois, il ne fallait pas y compter.

Il eut alors une autre idée.

27
Un effrayant spectacle

Trois jours plus tard, quand Gondebaud se présenta à cet endroit, il retint brusquement le galop de son cheval. Il ne comprenait pas le spectacle qui s'offrait à lui. Au bord du chemin, les énormes rochers plantés en terre depuis la nuit des temps avaient changé de forme. Ils évoquaient des femmes en tenue guerrière. Douze femmes !

Une main glacée lui étreignit le cœur.

— Les Walkyries ! souffla-t-il.

Son conseiller Héraclius s'étonna :

— Des *Walkyries* ?

— Les douze cavalières qui accompagnent le dieu Wotan dans ses chevauchées.

Héraclius se récria :

— Gondebaud, tu es chrétien, tu sais que ces dieux n'existent pas !

— Ce sont les dieux de mes ancêtres, répliqua le

roi. Tous les Germains qui meurent sur le champ de bataille rejoignent Wotan et ses Walkyries au Walhalla[1].

– Les Germains ne vont pas dans ton Walhalla, ils vont en enfer pour avoir ignoré Dieu ! Ces rochers ne sont que des merveilles naturelles.

Gondebaud secoua la tête avec véhémence. Les Walkyries avaient pour mission de choisir les guerriers qui seraient tués à la bataille…

Le vieux conseiller se fâcha :

– Cessons ces enfantillages !

Il éperonna son cheval, et Gondebaud ne put faire autrement que de suivre, emmenant ses guerriers.

Ils galopèrent quelque temps, jusqu'à ce qu'une autre terrible vision les arrête à l'orée de la forêt. Un arbre dépouillé de son écorce et de ses branches tendait vers le ciel deux bras acérés. On aurait dit un géant qui porterait sur chaque épaule un corbeau.

Gondebaud se sentit étouffer. Wotan et ses corbeaux, Hugin et Munnin, chargés de lui raconter chaque jour ce qu'ils avaient vu de par le monde !

– Cette fois, décréta-t-il, Wotan a parlé. Cette forêt lui appartient, nous n'y entrerons pas.

---

1. Paradis des guerriers germains.

– Aucun dieu n'habite dans les bois ! se scandalisa Héraclius.

– Les nôtres si, protesta Gondebaud. Et nos arbres sont sacrés.

– Mais celui-ci est sculpté de main d'homme…

– De main d'homme ? Je suis passé ici il y a peu, et il ne l'était pas. Quel artiste aurait pu faire ça si vite et si bien ?

Un galop résonna derrière eux. Un cheval remontait la troupe, éperonné par un cavalier furieux. Ostrogotho.

– Qu'est-ce qui se passe encore ? On perd du temps !

Il aperçut l'arbre et demeura stupéfait. Puis, se reprenant, il s'emporta :

– Ça ne nous arrêtera pas ! Clovis est en train de te voler ta nièce, Gondebaud ! (Il leva son scramasaxe et le pointa vers la forêt.) En avant !

Et il passa devant l'arbre au grand galop. Héraclius suivit puis, après une hésitation, toute la troupe redémarra, entraînant Gondebaud malgré lui.

En apercevant le nuage de poussière sur le chemin, les Trois comprirent que leurs ruses n'avaient que retardé les Burgondes. Ils se précipitèrent vers l'ancienne borne romaine. Ses inscriptions en latin indiquaient la prochaine ville, AUGUSTO-

BONA – qu'on appelait maintenant Troyes –, mais tout le monde savait qu'elle marquait la limite entre les deux royaumes.

Un peu tendu, Windus comptait les chariots qui passaient, comme si ça pouvait les faire avancer plus vite. Mais on avait beau encourager les bœufs de la voix, ils n'accéléraient pas.

Le nuage de poussière se rapprochait, on commençait à percevoir le martèlement des sabots. Les gardes qui fermaient la marche se retournaient sans cesse et avec une anxiété grandissante. L'allure imperturbable des bœufs mettait les nerfs à rude épreuve.

Enfin, le dernier chariot franchit la borne, et les Trois se précipitèrent pour tirer en travers de la route le tronc qu'ils avaient abattu. Ils grimpèrent dessus. Il était temps, Gondebaud arrivait !

– Son aura est sombre, chuchota Morgana, mais il en a près de lui une plus sombre encore. Ostrogotho est là.

Le cœur battant, ils les regardèrent s'approcher et, enfin, levèrent la main :

– Halte !

La route étant barrée, les cavaliers ne purent que s'arrêter, leurs chevaux piaffant sur place. Windus désigna la borne.

– Passé ce point, vous entrez dans le royaume des Francs.

Ostrogotho hurla :

– Qu'est-ce qu'on en a à faire ? Gondebaud a tous les droits sur sa nièce !

– Plus depuis qu'elle se trouve sur les terres de Clovis.

Ostrogotho se tourna avec fureur vers Gondebaud, mais celui-ci, marqué par les signes néfastes qui avaient jalonné sa route, se montra prudent :

– Je ne peux pas entrer en armes sur le territoire des Francs sans déclencher une guerre…

– Et alors ? Le rapt de ta nièce justifie une guerre !

Héraclius intervint :

– On ne peut guère parler de rapt quand une femme est partie d'elle-même.

Il y eut un silence, puis Gondebaud lâcha :

– Nous avons perdu assez de temps.

Et il fit demi-tour, suivi par son armée.

Seul Ostrogotho resta figé sur place, l'aura vibrante de rage. Pétrus et Windus sautèrent derrière le tronc. En un éclair, le Quatrième saisit sa chance. Il leva son fouet, l'enroula autour de Morgana, la tira vers lui et la hissa sur son cheval. L'instant d'après, il filait au galop.

Tout s'était passé si vite que les garçons en restèrent frappés de stupeur.

28

La mort dans les yeux,
la vie dans les yeux

Ostrogotho arrêta le cheval, sauta à terre et tira sur la jambe de Morgana pour la faire tomber. Elle se releva aussitôt.

– Tu ne peux rien contre moi, Ostrogotho, je ne suis plus esclave, Clovis a acheté ma liberté !

Il lui tordit le poignet :

– Grave erreur ! Clovis t'a donnée à moi.

Morgana retira violemment son bras.

– Je n'en crois pas un mot.

Il ricana :

– Tu devrais bondir de joie, au contraire. Je vais te prendre pour épouse et ainsi faire de toi une femme respectable.

– Aussi respectable que toi ?

Ostrogotho leva la main pour lui décocher une gifle, mais une force incompréhensible arrêta son bras, et il n'arriva pas à la toucher.

Morgana reprit :

– Si c'est pour empêcher Clotilde d'épouser Clovis que tu t'es donné tout ce mal, il est trop tard.

Ostrogotho eut un rictus mauvais.

– Il n'est JAMAIS trop tard. (Il la poussa vers une maison en ruine.) J'ai neuf mois devant moi.

Le temps d'une grossesse… Ostrogotho voulait assassiner Clotilde avant qu'elle n'ait un enfant. Il voulait hériter du royaume de Clovis !

Il ricana :

– Avec ma guérisseuse personnelle, je peux prendre tous les risques, je ne mourrai pas.

Morgana en fut atterrée. C'était cela, son projet… ? Il poursuivait :

– Dès que je serai roi des Francs, je m'attaquerai au royaume des Burgondes. Puis à celui des Wisigoths, des Bretons, des Alamans… Nous deviendrons les maîtres du monde !

– « Nous » n'existe pas, articula Morgana. Et ce n'est pas en me retenant prisonnière que tu feras de moi ta complice.

Il eut un rire moqueur :

– Crois-moi, je sais briser des volontés.

Il la poussa dans le trou qui s'ouvrait au centre de la ruine, sans doute une ancienne cave et, du pied, il projeta sur elle les gravats accumulés sur le sol.

Morgana protégea son visage de ses mains. Les pierres tombaient, frappant ses jambes, son corps, et s'accumulaient dans un brouillard de poussière qui l'étouffait.

Elle souffla péniblement :

– Tu ne peux pas me tuer.

Mais c'était juste pour se rassurer. Ostrogotho la fixait, et elle voyait la mort dans ses yeux.

*

Le long cortège arrivait à Villery, et Clotilde chercha Morgana du regard. Car c'était à cet endroit qu'elle avait rendez-vous avec la délégation des Francs et, pour cet instant délicat, elle aurait aimé avoir la jeune fille auprès d'elle.

Tandis que sa servante commençait à la parer pour la rencontre, accrochant à ses oreilles de longues boucles incrustées de pierres précieuses, elle s'inquiéta :

– Où est Morgana ?

– Elle va arriver, répondit Aurélien. Ses compagnons et elle ont plus de ressources qu'on ne le pense.

– Tu parais bien mystérieux, s'étonna Clotilde en se passant au doigt une bague à chaton de saphir. De quelles ressources parles-tu ?

Aurélien hésita.

– Je dirais… Pour Morgana, sa connaissance de

la nature profonde des gens. Et aussi un don très curieux de…

Il fut interrompu par des exclamations. La délégation des Francs apparaissait dans le virage.

– Le roi ne s'est pas contenté d'envoyer son escorte, princesse, nota-t-il avec une pointe de satisfaction. Il est venu lui-même !

Clotilde eut une légère crispation et murmura une prière avant de lever les yeux.

Elle repéra tout de suite l'élégant cavalier aux longs cheveux qui allait en tête, son cheval harnaché en fête de mille rubans multicolores. Son regard s'éclaira.

Clovis mit pied à terre. Il portait un manteau d'écarlate brodé d'or sur une tunique de soie d'un blanc de neige. Les lanières entourant ses jambes étaient assorties à son manteau, de même que le baudrier de cuir qui barrait sa tunique et soutenait une épée magnifique.

Ses guerriers, eux, semblaient un peu effrayants avec leur francisque à la ceinture et leur bouclier coloré, dont les incrustations de métal renvoyaient les feux du soleil.

Clotilde descendit à son tour de cheval.

Le roi la considérait d'un air plein d'une heureuse surprise. Sans le savoir, ils s'étaient habillés de couleurs assorties.

– Princesse Clotilde, déclara-t-il en lui tendant la main, je suis heureux de t'accueillir dans mon royaume.

– Roi Clovis, répondit-elle en lui donnant la sienne, je ne saurais exprimer mon bonheur de te rencontrer.

Et ils restèrent à se sourire sans se quitter des yeux.

– Reçois ceci, reprit Clovis en détachant de sa ceinture une petite sphère de cristal.

Il n'avait pas prévu de la lui donner, mais il avait brusquement envie qu'elle lui appartienne. En la lui accrochant à la taille, il ajouta :

– C'est pour te remercier d'avoir accepté de venir en un pays inconnu.

– On m'avait fait un tel portrait du roi des Francs ! plaisanta Clotilde. Et je t'avoue que je me suis donné la mission sacrée de faire de toi un chrétien.

– Oh ! s'amusa Clovis, je doute que tu y arrives. Mes dieux m'ont offert tant de victoires !

Clotilde rit. Le temps n'était pas venu d'insister, mais elle avait confiance, elle le convaincrait un jour. Elle ajouta avec gaieté :

– Tu dois être un grand roi pour avoir de si brillants sujets. Les trois jeunes qui sont venus me chercher...

Elle les chercha des yeux, puis demanda :

– Romulfus, sais-tu où est Morgana ?

Le chien, qui tournait avec excitation autour de Clovis, dressa les oreilles et regarda en arrière avec une subite anxiété.

– Va la chercher… (Clotilde s'interrompit.) Si ton maître le permet.

Clovis sourit.

– Ce qui m'appartient t'appartient, princesse. Disposes-en comme tu l'entends. Va, Romulfus.

Le chien ne se le fit pas dire deux fois. Il amorça un demi-tour sur place et remonta la file des chariots comme une flèche.

– Romulfus avait disparu, déclara alors Clovis, je ne sais comment il est ici… Voilà déjà une chose que tu auras à me raconter tandis que nous chevaucherons ensemble vers notre nouvelle vie. Moi, je te parlerai de mon royaume, des changements que je compte y apporter. J'ai envie d'en fixer le siège à Paris. Tu crois que tu aimeras Paris ?

– J'aimerai toute ville que tu aimeras, répondit Clotilde.

Ils se remirent en selle et avancèrent côte à côte en bavardant comme s'ils se connaissaient depuis toujours. Dans leurs yeux était la vie.

29
L'eau, l'air, la terre, le feu

— Dommage que cette maison n'ait plus de toit pour t'abriter du soleil, ironisa Ostrogotho. Tes yeux se creusent, tes lèvres se dessèchent… Dépêche-toi d'accepter le marché, sinon tu ne pourras même plus prononcer le mot « oui ».

Morgana ouvrit péniblement la bouche :

— Ça tombe bien. Je… n'ai aucune intention de le prononcer.

— Plaisante, tu riras moins tout à l'heure. (Il réfléchit.) Dis-moi… Les deux qui étaient avec toi, pourquoi ai-je l'impression de les connaître depuis très longtemps ?

Elle aurait pu répondre « parce que tu les connais depuis très longtemps », mais elle se contenta d'un vague sourire.

— C'est de nous que tu parles ? lâcha une voix derrière lui.

Ostrogotho n'eut pas le temps de se retourner. Windus et Pétrus lui tombèrent dessus et lui coincèrent les bras dans le dos, tandis que Romulfus se précipitait vers Morgana.

– C'est ce chien qui vous a guidés jusqu'ici ? ragea Ostrogotho. J'aurais dû le tuer !

La fureur lui empourprait le visage. Les veines de son cou gonflèrent…

Il se passa alors une chose stupéfiante. On aurait dit que de la chaleur sourdait des murs.

Au début, personne ne comprit. Pétrus, qui venait de trouver sur Ostrogotho la vraie bague de Clotilde, dut la lâcher tant elle était brûlante. Puis son étreinte sur le bras du prisonnier se desserra… Celle de Windus aussi !

Ostrogotho se dégagea aussitôt et dégaina son scramasaxe…

Il n'eut pas à s'en servir. Pétrus se pétrifiait, Windus avait du mal à respirer, la sueur ruisselait sur le visage de Morgana, et le chien lui-même s'affaissait. On aurait dit qu'ils étaient dans un four. Pourtant, lui ne sentait rien.

C'est là qu'il découvrit l'état des murs. Les pierres étaient incandescentes et irradiaient un feu intense. Le feu !

Ça lui rappela la villa, quand le chien s'était enfui… Il avait eu à ce moment l'impression d'être pour quelque chose dans l'incendie. Il avait un pouvoir ! L'enthousiasme s'empara de lui et il hurla comme un loup à la face du soleil.

Le regard de Morgana se voilait et, dans une semi-inconscience, subitement elle vit. Elle vit ce qu'ils avaient toujours ignoré : la raison de leurs renaissances. Elle vit un vieil homme agonisant, désespéré, prendre le ciel à témoin des malheurs des druides. Il était le dernier, et il était en train de mourir. Son cri de douleur pétrifiait la terre. Alors une comète éclairait les ténèbres et, tandis qu'elle courait dans le ciel, trois enfants naissaient. Trois enfants qui venaient du fond des temps, du temps d'avant, celui où les druides dirigeaient le monde…

Trois enfants qui possédaient chacun un don.

Et à l'instant où la comète s'éteignait dans la nuit, un quatrième ouvrait les yeux. Mais il venait trop tard, inachevé, il n'avait pas d'âme ! Son don à lui était de destruction.

Windus l'air, Pétrus la terre, Morgana l'eau… Il était le quatrième élément et il était le feu, le seul à pouvoir naître de la main de l'homme.

Le feu évapore l'eau, dévore l'air, craquelle la terre… Sans le savoir, Ostrogotho avait trouvé la manière de les tuer. Ils allaient tous mourir. Déjà, Morgana sentait ses forces l'abandonner. Elle voyait avec désespoir la peau de Pétrus se fendiller, Windus ouvrir démesurément la bouche pour chercher de l'air, et le chien, affalé sur le sol, qui ne bougeait plus.

Elle songea : « L'eau… L'eau noie le feu. » Elle pouvait encore les sauver. Elle bredouilla :

– Je… J'accepte…

Ostrogotho se pencha, un sourire narquois sur les lèvres.

– Qu'est-ce que tu dis ? Je n'ai pas bien entendu.

– J'accepte… de t'épouser.

30
Le sarcophage

Ostrogotho saisit sa prisonnière par la main et la hissa hors du trou.

« L'eau éteint le feu », se répétait Morgana. Et elle s'appuya au mur.

Le rictus moqueur d'Ostrogotho se figea peu à peu. Il était en train de comprendre que le mur ne la brûlait pas, que le rougeoiement des pierres s'assombrissait… La paroi se refroidissait !

Les deux garçons reprenaient vie, ils se redressaient ! Il détacha vite de sa ceinture deux angons et, un dans chaque main, fit un bond en avant pour les lancer avec plus de force.

C'est l'instant que choisit le chien pour se relever. Ostrogotho trébucha sur lui, effectua un vol plané et retomba de l'autre côté.

Il avait les deux angons plantés dans la poitrine.

Son visage se tordit, il agrippa les cordes arrimées aux manches de bois et tira, mais les armes ne bougèrent pas. Il se laissa retomber lourdement en arrière, grimaçant de douleur.

Les mains de Morgana se mirent à trembler. Elle ne pouvait pas le laisser ainsi !

Pétrus lui barra la route :

– N'approche pas de lui !

– On ne peut pas l'abandonner à son sort, il est des nôtres !

Windus intervint :

– Tu ne peux rien, Morgana. Les angons possèdent des crochets qui les empêchent de ressortir. Quels que soient tes dons, il ne guérira pas.

Ostrogotho ouvrit péniblement la bouche :

– Je… vaincrai. J'épouserai Morgana, et Clovis épousera ma mère… ou je ne m'appelle plus… Ostrogotho.

Sa tête s'affaissa. Il était mort.

Les Trois se sentaient plus oppressés que soulagés. Windus articula :

– Il a raison, il ne s'appellera plus Ostrogotho. Même s'il revient dans une autre vie.

– Est-ce que vous vous rendez compte qu'il est mort, souffla Morgana, et ce que cela signifie ?

Ils le savaient. Leur sort était lié à celui du Quatrième. Vite, ils se donnèrent la main, de manière à revenir ensemble lors de leur prochaine vie.

Rien ne bougea.

— Il se passe quelque chose d'anormal, chuchota Windus. Le Quatrième est mort, mais son corps n'a pas disparu. Et nous aussi sommes toujours là.

— Il faut en profiter ! s'exclama Morgana. Je ne voudrais pas qu'un jour quelqu'un trouve ce corps.

— Oui, approuva Pétrus. Brûlons-le.

— L'Église des chrétiens l'interdit ! Les corps doivent rester intacts pour sortir du tombeau au Jugement dernier.

— Tu crois à ça ? fit Windus d'un air de doute. Une fin du monde où ton dieu reviendrait sur Terre pour juger les vivants et les morts ?

— En tout cas, je ne ferai rien qui puisse nuire à un mort.

Windus lui sourit.

— Ne t'en fais pas. De toute façon, le corps du Quatrième ne brûlerait pas, il est le feu. Enterrons-le.

— Loin des vivants, précisa Morgana.

— Ici, décréta Pétrus. Dans un sarcophage bien clos.

Ils regardèrent autour d'eux. Fabriquer un sarcophage de pierre était exclu, mais il y avait des arbres…

Ils se mirent aussitôt au travail. Avec la francisque de Windus, ils abattirent un tronc. Avec le glaive de Pétrus, ils le creusèrent. Morgana étala au fond un lit de feuilles de laurier, de thym, de menthe sauvage et de serpolet, puis ils firent glisser le sarcophage dans la cave béante.

Ils revinrent alors vers le corps et le saisirent avec appréhension par les bras et les jambes.

Mais le Quatrième était bien mort, et rien ne se passa. Ils le déposèrent dans le sarcophage et organisèrent rapidement à ses pieds ce qu'ils avaient trouvé pour l'accompagner dans l'autre monde : un cadavre de pie et des poissons qui flottaient sur une mare dont l'eau était encore bouillante. Il fallait que le Quatrième se sente bien au royaume des morts et y reste.

Puis Pétrus glissa entre ses dents une piécette pour payer Charon, le passeur qui menait les Romains au royaume des morts, Windus l'entoura de ses armes à la manière des Germains, et Morgana déposa sur sa poitrine deux bâtons liés en croix, le signe des chrétiens. Et ils refermèrent vite le cercueil pour ne plus voir la fureur imprimée sur les traits du mort.

Pétrus fixa solidement le couvercle avec des chevilles de bois et Windus grava dessus : « CI-GÎT OSTROGOTHO. NE TOUCHE PAS À SA TOMBE. » En latin, en germain et en runes[1] magiques, pour empêcher le mort de ressortir du tombeau.

1. Ancienne écriture des Germains.

Puis, ils comblèrent le trou avec de la terre et des pierres pour faire disparaître à jamais toute trace du Quatrième. Si personne ne touchait à cette tombe, le monde serait libéré de lui.

Mais maintenant, pour eux aussi, le destin était en marche.

Morgana caressa la tête du chien.

– S'il nous reste un peu de temps…

Elle ramassa sur le sol la bague sigillaire de Clotilde et la tendit à Pétrus, qui se mit au travail.

Quand il eut fini, elle accrocha le bijou au cou de Romulfus et dit avec un pauvre sourire :

– Je ne sais pas si nous reviendrons, mais je crois que nous avons accompli notre mission. Clovis va épouser Clotilde.

– Savoir si nous reviendrons…, répéta Windus.

Il s'arma d'un morceau de bois brûlé de la maison et inscrivit avec sur le bras de Morgana : « Je m'appelle Morgana, je dois retrouver Pétrus et Windus, et me méfier du Quatrième. »

– Si nous disparaissons, expliqua-t-il, vous oublierez tout. Et si nous ne revenons pas ensemble, je ne serai pas là pour vous expliquer. Je vais faire pareil pour Pétrus.

Et il lui prit le bras. Angoissée, Morgana retourna à la tombe y ajouter quelques cailloux, comme si cela pouvait mieux assurer leur sécurité.

Son image se troubla… Windus réalisa trop tard qu'ils étaient tous en train de partir, et qu'elle se trouvait à la fois près du Quatrième et loin d'eux !

Le chien ouvrit des yeux effarés. Il n'y avait plus personne devant la tombe ! Plein de désarroi, il chercha autour de lui, puis il leva les yeux vers le ciel et poussa trois longs hurlements. Enfin, il tourna la tête vers le nord où il sentait son chenil, et la plaque que Morgana lui avait accrochée au cou frappa son poitrail.

Il ne connaissait rien aux bijoux, le chien, et il ne savait pas lire, mais la plaque était en or massif et elle disait : « Ce chien appartient au roi des Francs, si vous le trouvez, ramenez-le lui. »

*
* *

La dynastie franque des Mérovingiens s'était installée en Gaule pour plusieurs siècles. Puis on vit arriver des temps troublés, où il était plus facile de devenir roi que de le rester. Car le Quatrième n'avait pas totalement disparu, sa tombe était toujours là…

Les messagers du temps reviendront dans :
L'épée des rois fainéants.

Les royaumes barbares vers 480

Pour en savoir plus

L'empire Romain

Il s'était peu à peu morcelé, il n'en restait plus en Gaule que le royaume « de Syagrius » – du nom de son dernier roi, finalement battu par Clovis.

Les Francs

Ils ont donné leur nom à la France. C'étaient des Germains (peuples de l'est) et ils parlaient le « francique », qui est l'ancêtre de l'allemand et non du français.

Ils faisaient partie des « peuples barbares » – ce qui n'est pas une insulte à cette époque puisque, dans les textes, ils se nomment eux-mêmes ainsi.

La loi salique

Loi des Francs Saliens, elle a été mise par écrit en ce début du règne de Clovis. Un de ses articles visait à abolir cette vendetta qui incitait à venger le meurtre par le meurtre.

La dynastie des Mérovingiens

Cette lignée de rois francs doit son nom à Mérovée, dont on ne sait presque rien.

On connaît un peu mieux son fils, Childéric Ier (père de Clovis), car on a retrouvé sa tombe avec ses bijoux, ses armes… et sa bague sigillaire.

Clovis, a succédé à Childéric Ier en 481, à l'âge de 15 ans. Il était roi des Francs « Saliens », avec pour capitale Tournai (celle des Francs « Ripuaires » était Cologne). Rémi lui a alors prodigué des conseils pour bien gouverner.

Son vrai nom, Chlodowich, a évolué en Lodoïs et a fini par donner Louis, porté ensuite par de nombreux rois de France.

Poussé par Clotilde qui a eu une grande influence sur lui, il a été le premier roi franc à devenir chrétien. L'évêque Rémi l'a baptisé à Reims un jour de Noël, vers l'an 500. (On connaît le jour, pas l'année !)

Soissons

En s'installant en Gaule, Clovis en a fait sa capitale. On sait qu'il y avait dans la ville un important fabricant d'armes.

Le vase « de Soissons »

Il n'a pas été cassé, puisqu'il était en métal et que Clovis a pu le rendre à Rémi. En revanche, comme il était abîmé, il a été refait. Par la suite, il semble avoir été fondu de nouveau et transformé en d'autres objets (on parle d'un calice et d'un encensoir). En tout cas on a perdu sa trace.

Le mariage de Clovis et Clotilde

C'est un vrai feuilleton. Le Gaulois Aurélien, secrétaire de Clovis, s'est rendu à Genève déguisé en mendiant. Un texte dit qu'il a trouvé Clotilde et sa sœur Chrona occupées à laver les pieds des pauvres en signe d'humilité, mais ce détail a pu être inventé pour marquer la sainteté des deux femmes.

Il s'est arrangé pour que Clotilde quitte Genève dès que Gondebaud aurait manifesté son accord mais, sur le chemin, il s'est fait voler la bague de la princesse. Heureusement, il l'a ensuite retrouvée.

On n'a plus cette bague, mais on en possède une description. Pour la refaire, Pétrus utilise dans le roman une méthode encore employée de nos jours par les hommes du désert.

Gondebaud, roi des Burgondes, a d'abord accepté le mariage, puis est revenu sur sa décision. Trop tard : Clotilde était déjà partie. Il l'a poursuivie, mais n'a pas réussi à la rejoindre avant qu'elle n'arrive sur le territoire des Francs. Il a donc abandonné la partie. Héraclius avait été son précepteur avant de devenir son conseiller.

Les Burgondes

Comme les Francs, ils sont un peuple de Germains arrivés en Gaule au Ve siècle. Les Romains ont dû leur céder un territoire où ils se sont installés, avec Genève pour capitale. Plus tard, ils ont étendu leur royaume vers Lyon.

On appelle leur loi « loi Gombette ». Elle était différente de la loi salique et prévoyait en effet que le voleur d'un chien de chasse serait contraint de bai-ser en public le derrière de ce chien. Pour le vol d'un faucon, le coupable devait se laisser manger de la chair par l'oiseau… ou payer une forte amende.

Les églises
C'étaient souvent d'anciens bâtiments romains transformés, comme le temple d'Isis à Soissons.

Dimanche
Le mot vient du latin *Domenica dies*, c'est-à-dire « jour du Seigneur » dans la religion chrétienne. Mais pour beaucoup de peuples, c'était le jour du soleil, et cela le reste dans certaines langues (*sunday* pour les Anglais, *Sonntag* pour les Allemands).

Et la cérémonie de mariage ?
On ignore s'il y en avait une à l'époque. Le mariage ne consistait sans doute qu'en la signature d'un contrat.

Clovis et Clotilde semblent avoir été heureux… En tout cas, ils eurent beaucoup d'enfants.

Table des matières

1. Le nouveau maître de Soissons,   9

2. Le roi des Francs,   *14*

3. Le vase,   *21*

4. La bosse,   *26*

5. La guérisseuse,   *30*

6. La vengeance,   *34*

7. L'aura noire,   *39*

8. Cruelle révélation,   *42*

9. Des préparatifs si différents !   *45*

10. Douze ans !   *50*

11. La vision,   *54*

12. Une loi suspecte,   *59*

13. Une revenante,   *63*

14. Mauvaise surprise,   *68*

15. La découverte,   *73*

16. Coup de théâtre,   *77*

17. La loi du plus fort,   *83*

18. La délégation,   *88*

19. La piste,   *94*

20. Le chien,   *99*

21. La princesse, *103*

22. La décision, *108*

23. Le tout pour le tout, *114*

24. Des émotions, *119*

25. Une entrevue réjouissante, *123*

26. Le messager, *128*

27. Un effrayant spectacle, *132*

28. La mort dans les yeux, la vie dans les yeux, *137*

29. L'eau, l'air, la terre, le feu, *143*

30. Le sarcophage, *147*

Les royaumes barbares vers 480 (carte), *154*

Pour en savoir plus, *155*

Évelyne Brisou-Pellen

L'auteur

Évelyne Brisou-Pellen est née en Bretagne et, hormis un petit détour par le Maroc, elle y a passé le plus clair de son existence. Ses études de lettres auraient dû la mener à une carrière de professeur mais, finalement, elle préfère se raconter des histoires, imaginer la vie qui aurait pu être la sienne si elle avait vécu en d'autres temps, sous d'autres cieux. Ainsi elle a pu se faire capturer par un clan mongol, fuir avec un Cosaque, chercher fortune à Haïti, au Sahara, au Japon. Se trouver nez à nez avec les fantômes d'Écosse, se faire menacer par les flammes, être prise dans les tourmentes de la Terreur, faire ses études dans un collège maudit. Avec Garin, elle est prisonnière dans un château, encerclée par les loups, menacée par une terrible épidémie, soupçonnée de vol par les moines. Elle risque sa vie avec les pèlerins, vient à l'aide d'un chevalier, tente de sauver le pape...

Du même auteur chez Gallimard Jeunesse

FOLIO JUNIOR
Le Défi des druides, n° 718
Le Fantôme de maître Guillemin, n° 770
Le Mystère Éléonor, n° 962
Les Disparus de la malle-poste, n° 1161
Les aventures de Garin Trousseboeuf
1 - *L'Inconnu du donjon*, n° 809
2 - *L'Hiver des loups*, n° 877

3 - *L'Anneau du Prince Noir*, n° 1314

4 - *Le Souffle de la salamandre*, n° 1369

5 - *Le Secret de l'homme en bleu*, n° 1269

6 - *L'Herbe du diable*, n° 558

7 - *Le Chevalier de Haute-Terre*, n° 1137

8 - *Le Cheval indomptable*, n° 1425

9 - *Le Crâne percé d'un trou*, n° 1003

10 - *Les Pèlerins maudits*, n° 558

11 - *Les Sorciers de la ville close*, n° 1075

Les messagers du temps

1 - *Rendez-vous à Alésia*, n° 1492

2 - *Le Maître de Lugdunum*, n° 1493

3 - *L'Otage d'Attila*, n° 1494

5 - *L'Épée des rois fainéants*, n° 1525

6 - *Le Noël de l'an 800*, n° 1526

7 - *Hugues Capet et les chevaliers noirs*, n° 1572

8 - *Le Faucon du roi Philippe*, n° 1586

9 - *Le Chevalier de Saint Louis*, n° 1593

10 - *Le Royaume d'Osiris*, n° 1614

HORS-PISTE

De l'autre côté du ciel

Philippe Munch

L'illustrateur

Philippe Munch est né à Colmar en 1959. Après l'école des arts décoratifs de Strasbourg, il a publié de nombreux dessins dans la presse pour enfants. Grand voyageur, ses pérégrinations le mènent de l'Asie du Sud-Est à l'Amérique du Sud. Heureusement, il trouve encore le temps d'illustrer de nombreux livres pour Gallimard Jeunesse.

Retrouve
Les messagers du temps
pour d'autres aventures
_____

dans la collection

1. Rendez-vous à Alésia

n° 1492

52 avant J.-C. Les peuples celtes se rebellent contre Rome. Nés le même jour, la même année, mais dans des camps différents, Windus, Morgana et Pétrus sont réunis par une force étrange. Et ils découvrent qu'ensemble, ils peuvent influer sur le cours de l'Histoire. Mais un ennemi invisible se met en travers de leur chemin…

2. Le maître de Lugdunum

n° 1493

An 197. Les trois jeunes messagers du temps se sont réincarnés : Windus est désormais le fils d'un marchand ; Pétrus, un artiste romain partisan de l'empereur Sévère, alors que Morgana est la guérisseuse de son adversaire. Ils se retrouvent à Lugdunum, mais auront bien du mal à accomplir leur mission de paix. Car ils trouvent en face d'eux le cruel Caracalla…

3. L'OTAGE D'ATTILA

n° 1494

Avril 451. Les messagers sont de retour... sur le passage d'Attila. Pétrus et Morgana se retrouvent prisonniers du redoutable roi des Huns. Windus, jeune guerrier, est le seul à se souvenir de leurs aventures passées et à connaître leur mission : mettre fin aux ravages des Barbares. Mais Oktar, l'âme damnée d'Attila, s'oppose à leurs plans.

5. L'ÉPÉE DES ROIS FAINÉANTS

n° 1525

Septembre 715. Pétrus, Windus et Morgana se retrouvent à Cologne, d'où Charles Martel dirige le royaume des Francs. Mais un certain Bodilo veut se faire couronner roi. À peine ont-ils réussi à l'en empêcher qu'ils sont dispersés. Cordoue, Toulouse, Compiègne… Les messagers du temps appartiennent désormais à des camps ennemis et ne se rejoindront qu'à la bataille de Poitiers, dans de terribles circonstances !

6. LE NOËL DE L'AN 800

n° 1526

Vers l'an 800. Windus est scribe et Pétrus forgeron au palais de Charlemagne. Morgana se trouve bien loin d'eux, à Constantinople… Et elle ne voit plus les auras ! Elle ne peut donc savoir que l'ennemi rôde dans l'empire de Byzance. Menacée, elle doit fuir jusqu'en Italie. Elle y croise enfin la route de ses amis. Mais à Rome, elle découvre que le Quatrième l'a suivie… et que Charlemagne est aussi en grand danger.

7. HUGUES CAPET ET LES CHEVALIERS NOIRS

n° 1572

Les messagers reviennent à la veille de l'an mille, dans une France en plein chaos. Charles de Lorraine conteste le titre de roi à Hugues Capet : c'est la guerre. La noblesse noue et dénoue des alliances, les chevaliers dépouillent les paysans, qui vivent dans la terreur de l'Apocalypse… Les Trois ont fort à faire, sans compter le Quatrième, plus dangereux que jamais.

8. LE FAUCON DU ROI PHILIPPE

n° 1586

En 1137, Pétrus est devenu le troubadour Peir, et ses chansons touchent le cœur de la blonde Aliénor. Hélas, celle-ci est duchesse d'Aquitaine et doit épouser le fils du roi de France. Quand Pier découvre une étrange sculpture, il comprend qu'Aliénor est en danger. Que faire ? Car il est seul, il a oublié qu'il fait partie des Trois. Pire : les deux autres ont aussi perdu la mémoire ! Celui qui les envoie sur Terre, et dont ils ignorent tout, va devoir se manifester…

9. Le chevalier de Saint Louis

n° 1593

Ils sont trois, que le destin ramène sur Terre au fil du temps. Hiver 1244. À Paris, la nouvelle fait grand bruit : le roi est mourant. Morgana se précipite à son chevet. Elle peut encore sauver Saint Louis ! Mais est-il vraiment victime de maladie ? Les Trois en doutent en apercevant sur les lieux… le Quatrième. A-t-il tenté d'assassiner le roi ? Et est-ce lui qui l'a persuadé de partir en croisade afin de reprendre Jérusalem aux Turcs ? Pour le savoir, les Trois iront jusqu'en Égypte.

10. LE ROYAUME D'OSIRIS

n° 1614

Au cœur de la Grande Pyramide, les Trois sont pris au piège d'un éboulement provoqué par le quatrième. Pétrus a disparu, Morgana et Windus sont irrésistiblement attirés vers les profondeurs. Lorsqu'ils découvrent devant eux Geb, dieu de la terre, ils comprennent qu'ils ont basculé dans un autre monde… Et ils ont maintenant les traits d'Isis et d'Osiris ! Sont-ils devenus des dieux ?

Le papier de cet ouvrage est composé de fibres naturelles, renouvelables,
recyclables et fabriquées à partir de bois provenant de forêts plantées
et cultivées expressément pour la fabrication de la pâte à papier.

Mise en pages : Maryline Gatepaille

Loi n° 49-956 du 16 juillet 1949
sur les publications destinées à la jeunesse
ISBN : 978-2-07-062276-4
Numéro d'édition : 247150
Premier dépôt légal dans la même collection : février 2010
Dépôt légal : octobre 2012

Imprimé en Espagne par Novoprint (Barcelone)